读书
文丛

王一方

该死，
拉锁卡住了

三联书店

图书在版编目（CIP）数据

该死，拉锁卡住了／王一方著. —北京：生活·读书·新知
三联书店，2016.11
（读书文丛）
ISBN 978 – 7 – 108 – 05473 – 9

Ⅰ.①该…　Ⅱ.①王…　Ⅲ.①随笔－作品集－中国－当代
Ⅳ.① I267.1

中国版本图书馆 CIP 数据核字（2015）第 216286 号

责任编辑　李学平
装帧设计　薛　宇
责任印制　宋　家
出版发行　生活·讀書·新知 三联书店
　　　　　（北京市东城区美术馆东街 22 号 100010）
网　　址　www.sdxjpc.com
经　　销　新华书店
印　　刷　河北鹏润印刷有限公司
制　　作　北京金舵手世纪图文设计有限公司
版　　次　2016 年 11 月北京第 1 版
　　　　　2016 年 11 月北京第 1 次印刷
开　　本　850 毫米 × 1168 毫米　1/32　印张 8.75
字　　数　160 千字
印　　数　0,001 – 5,000 册
定　　价　38.00 元
（印装查询：01064002715；邮购查询：01084010542）

小引：拉锁的隐喻

这个书名有些怪，为何要起这么一个怪名字？原因是我在《读书》的首秀（处女作），篇名就叫《该死，内衣拉锁卡住了》，评述英伦作家麦克尤恩的新作《切瑟尔海滩》，书中记叙男女主人公在新婚之夜发生了一场内衣拉锁被卡事件，这次事件后果很严重，使得这对新人间各种精神、价值隐患随着拉锁被卡住而一一暴露，最后导致分手。偶尔的拉锁被卡也是生活中的窘境，譬如某正式场合，风流名士的西裤前裆拉锁卡住了，"前门"未闭，不免尴尬，如在机场车站安检时行李箱拉锁罢工，更是一地鸡毛的糗事。

话也要说回来，拉锁实在是一项了不起的现代发明，一夜之间迅速取代传统的束绳、纽扣，遍及衣衫箱包，不可或缺，成为现代生活的标志物。小小拉锁，进退之间，瞬间完成开阖、聚散。如是所闻，"拉锁"充满了哲学隐喻，司进退，主开阖；进则阖，退则开。若脱轨槽，进而不阖，一旦卡住齿位，或紧，或涩，或前后皆阻，无法动弹，开阖不能。其实，拉锁卡住不可怕，一不能硬拉强拽，二可以往后挪退，既然不能高歌猛进，不妨以退为进，以时间换空间，说不定徘徊间卡点的问题就解决了，最可怕的局面是在强拽中拉锁滑脱，便再无修复的可能了。生活中我没有内衣被卡的经验，倒是夹克的拉锁不时被卡，有一回事故闹大了，一条拉锁彻底报废了，于是去小商品市场采办新拉锁，与店主一交谈，方知这里面学问还真不小，论材质，有尼龙、金属之别，还有软金属（铝质、铜质）与硬金属（镍铬合金）之分，规格有粗纹、细纹之辨，让人眼花缭乱，最让人不解的是好拉锁的标准并非流利、流畅，而是要手感略带艰涩的阻尼感，颇有点"宁拙毋巧"的艺术镜鉴。

在当下，人类健康与医学伟业正遭遇前所未有的现代性危机与挑战，算得上是历史进程中的一场持续的"拉锁门"事件。技术乐观主义者认定一旦步入高技术的索槽，人类就一定会顺势猛进，生老病死不再可怕，人类在一次次征服—加冕—狂欢中迈向不痛、不病、不老、不死的乌托邦。然而，历史的拉锁并非轻车熟路，大科学、大药业的绚烂图景中遍布着荆棘，医学做得越多，社会批评越多；医学占据技术制高点，失去道德制高点，医疗花钱越多，信任越少；医学越发达，百姓对于健康越焦虑；高技术、高消费并没有阻挡衰老与死神的脚步，不确定性"魔咒"下的无效医疗（人财两空）不时激起百姓的愤怒，再加上当代社会普遍性的生死观、疾苦观、健康观、医疗观迷失，引发医生妖魔化、医学污名化、医患关系恶质化的困局，这何尝不是生命拉锁一次次被卡住的精神事故。要让这条"拉锁"重新活络起来，还需要哲学的智慧与思想史的启迪，不过，生命哲学、医学哲学是哲学门的旁径，关注的都是生—死、疾—痛、性—育等医学、医院、医生的事理，好在这些道理离百姓的生活不远。

王一方

2015 年夏月

目 录

第一辑

重审医学

现代医学为何变得不可爱了？

毫无疑问，现代医学越来越进步了，不过它也变得越来越不可爱了，看病难、看病贵，医德滑坡，职业声誉受伤都是明证，有人将其归咎于公益性危机，人民政府投入严重不足，公立医院不再是依靠公共财政支撑的社会福利部门，而成为锱铢必较、提供等价服务，或盈利自肥并贡献税赋的产业部门，医改的探索中，增加投入的呼声很高，但公平与效率，公益性与市场运作，保健（保障）的均衡与失衡，自由主义与集体主义，个人主义与社群主义，重商主义与人道主义的边界一直无法厘清。也有人将其归咎于医患关系紧张，冲突频发，某些媒体刻意妖魔化医生（污名化医学）与社会仇医情结发酵的职业信誉危机。很显然，这只是果，而非因。如果潜入思想史的激流，并跳脱出"进步迷信"（进步其实就是前行迈步，既可以向上，也可以向下，前者是传统意义上的进步，后者就可能是堕落）的光环，可以断言：医学（技术）的快速进步是医学不可爱的根源。

在人们的思维定势里，科学进步必然会使医学更可爱，因为科学探索的半径扩大了，生命图景的认识更清晰了，技术手段与装备先进了，医疗干预（杀灭、重建、替代）的能力增强了，人们征服疾病、驾驭健康的本领更高超了，这都是事实，而且一点不假，但它只是医学演进的光明面，技术乐观主义者只看到了这一面。同样，科学进步也会使医学不可爱，这就是马克思所讲的"异化"，也就是俗话所说的"播下的是龙种，收获的是跳蚤"。不可爱（甚至可憎、可恨）的社会怪象、乱象很多，这是持民粹主义立场的媒体热衷于报道的。不过，现场报道无法揭示"不可爱"内在的根由（只有近距离观察，缺乏远距离思考），我们需要思想史的洞悉与烛照。

首先，现代医学发展已经深入到生命奥秘的纵深腹地，正无节制、过度地侵犯自然的圣境，研究者遵循技术中立与"应然—必然"逻辑，一路高歌猛进，无法自省、自拔，他们不清楚究竟医学探索应该遵循（顺应）自然规律，还是彻底颠覆（超越）自然法则。譬如，人类生命：是任其自然繁殖，还是人工优化？性与生育是捆绑还是分离（以避孕药为例）？是任其自然衰退还是人工增强（以伟哥为例）？是自然生育还是人工替代（以试管婴儿为例）或人工干预（以克隆技术为例）？是恪守天然性别，还是自由选择（以人工变性为例）？人类疾病：是任其自然产生与消亡，还是人为消灭（以天花为例）或诱导、合成（以"二战"及后来的生物战研究、恐怖战法为例）？人类寿命：自然延年（享受天年）还是人为延长（抗衰老，延缓衰老）？医学的功能与效应是治病，还是致病（院内感染，实验室感染与基因叛乱）？是抗击死亡还是协助死亡（安乐死）？是生老病死的强力干预，还是关于苦难的拯救？医疗技术遵循循环加速机制一路飙升，而职业道德的净化机制迟迟无法健全，与各种利益集团的瓜葛越来越不清不白，源自职业敬畏的道德自律愈加苍白，正确与正义，真理与真谛渐行渐远，越来越疏离，面对如此尖锐的精神叩问，我们仅仅抬出一位伦理学判官，而没有沉下心来做哲学思考。这是一个学科陷入道德、行为盲目和技术异化的标志。

其次，医学巨大进步所派生的关于医疗、卫生、健康的社会心理期许越来越高，医学的生活化，卫生、健康概念的扩大化，使得医疗、卫生、健康的标杆越抬越高，几乎接近于人类幸福的境地，也使得现代医学（医生）越来越身心疲惫，不堪重负。原初医学只针对外在病原微生物入侵的急性传染病、营养要素缺乏病和呼吸、消化、泌尿、运动系统的常见病、多发病，进而扩大到生活方式改变导致的慢病谱系，医学呈现了广角化趋势，从危重病症抢救到脚臭矫治，从心脏置换到脱发、头皮屑困惑，从糖尿病防治到减肥、美容，几乎无所不包。基因视野的打开，揭示了数以千计的遗传疾病、先天性疾病的存在，而基因治疗的不成熟使得人类治疗能力的短拙显现无疑，以至于柯林斯与平奇在《勾勒姆医生》一书中感叹现代医学是安慰剂效应支撑的治疗，与其说医学是科学的医学，不如说是作为救助手段的医学。同样，卫生最初也只着眼于人类群体生存与健康的可识别、可控的危险因素，随着医学检测手段和健康环境因素研究的长足进步，危险因素的半径与科目日益扩大，几乎覆盖了大气圈内所有的自然环绕要素和日常社会生活中每一瞬间的刺激与反应。有人预测今后将运用"云计算"技术（并行算法与超高速计算机）才能监控与管理这些危险因素。现代健康着眼于生活质量（愉悦）与生命长度（长寿），越来越理想化，已经从不再生病扩大到躯体、心理、行为、社会交往，乃至精神生活的适意与惬意，意味着远离疾病，远离痛苦，远离烦恼，远离孤独，远离忧伤，远离死亡，远离一切不幸福的人间干扰，获得更多的欣快、更多的适应、更多的满足、更多的陶醉，长生久视（永远健康）。这分明是一幅集体体验的天堂行乐图（理想的健康），几乎成为点燃个体一切美好欲望（需求）的发酵器。我们不禁要问：现代医学有如此魔力吗？即使有，代价几何？有多少人想过，算过？人们常说："人类一思考，上帝就发笑。"忧伤的西西弗寓言告诉我们，人类必定要承受苦役与苦难，健康与幸福都来自对苦难的博弈和超越，只出现在痛苦（疾苦）的间隙。不断地迎击苦难，咀嚼苦难，超越苦难，苦尽甘来，向死而生才是人间正道，技术进步与财富膨胀大概还无法改变这一残酷的铁律。从这个意义上说，医学本质上是关于生命的哲学，一门建构豁然面对生老病死，一种有限健康，在与疾苦共生中寻求快乐和幸福的价值论哲学。

技术乐观主义者塑造了现代医学的英雄主义形象，在他们眼里，现代医学就是"推土机"，如同"电熨斗"，遇到病菌，开足马达就可以立即去腐生新；遇到身心皱褶，可以一烫就平复如初，即所谓"药到病除"或"术到病除"神话。同时，医学还是"自动售货机"，塞进钱币，就会掉下想要的商品来，即所谓"钱到病除"或"钱到康乐"神话。正是这两个神话，使得现代医学的社会承诺发生畸形，助长了技术万能（技术乌托邦）、金钱万能（消费主义）的医疗观。

技术总是双刃剑。不是吗？近30年医学影像技术的快速密集发展（超声、计算机断层摄影、磁共振成像、正子放射电脑断层扫描摄影全都在这30年间研制面市）助长医学的客观性危机，无疑，伴随着影像技术的越来越先进，微观视野形态、代谢、功能指标越来越细，真相越来越繁复，然而，客观性追求的边界在哪里？客观性追求与过度诊疗之间是一种怎样的默契，如果不顾实际情况，将客观性指标定得过高，必定消耗有限的诊疗资源，甚至造成病人财务破产，继而牺牲其未来和家庭的生存与生活质量，这样的决策于心何忍？医学是为人类疾苦提供有效解决方案的实用技艺，而不是在知识爆炸、信息过剩语境下不计成本，充分揭示、重复展览疾病真相的冗繁细节与为真理而真理的纯粹学术。因此，临床上，高技术与低技术，奢侈医疗与适宜医疗，保护性诊疗（源自举证倒错）与良心诊疗（甘担风险）如何选择？需要细心掂量，也使得医学进步崇拜陷入社会性焦虑和人性的困顿。即使医学自身不去拷问，社会也会尖锐地提问：生命、医疗代价的黑洞有多大（本质上是技术主义、医药利益集团控制与反制的思考）？医疗运营与医改探索，究竟要花多少钱？究竟有多少钱可花？钱为何而花？钱都花到哪里去了？谁是最大的获益者？

现代医学不可爱的诸多理由里，还包括医学的专业性危机。如同方言与普通话的隔膜，我们许多医学专家不屑于、也不擅长与公众对话，满嘴的专业术语、缩略语与中英夹杂的"鸟语"，殊不知现代医学的"风筝"越放越高，早已脱离了公众的经验视野，如果不着力于"普通话"的操练，就会加深这一专业性鸿沟。其次，在一些专业人士的价值谱系里，只重视临床客观证据的采集（找证据的循证医学），不愿意倾听病人的主观陈述（讲故事的叙事医学），只重视技术的成长与成熟，而忽视对人类苦难的敏感、敬畏、同情和悲悯等职业情怀的养成，不善于（不能、不会、不屑）抚平病人与家属的心灵创伤，甚至无意中在伤口上撒盐，让医患对话成为鸡同鸭讲的沟通困局。草草收场，疑窦丛生，误会发酵成为冲突，冲突演变成为恶性事件。医学不仅是专家之学，也是公众之识，医学干预模型与引导模型（教育模型）的互补将是未来医学的新趋势。它不仅为我们提供医学的知识与技术，也提供认知生老病死的观念模型和路径，帮助公众更好地理解生命与健康。

最后，医学不可爱也源自医学执业流程中的家长制惯性。在传统的医患关系中，医生是父亲，护士是母亲，病人是孩子，甚至是婴儿，医疗决策中的专制主义情绪比比皆是，即使遵守知情同意原则进行一些沟通和书面文件的签署，也一百个不情愿，完全是被动的例行公事，藏饰不住内心深处的冷漠。因此，不认真清理、反思专制主义的职业傲慢与偏见，重建协商、契约机制就是一句空话，医生技术高明的优势就会被家长制无情地吞噬掉，医学也就可爱不起来。

如今，整个社会都在关注医学的"可爱度"问题，希望它能够更加可爱一些。这是一个很好的契机，但是，我们每一个人都应该扪心自问，不可爱的医学与自己有关吗？如果政府官员觉得医学不可爱，是因为你爱它不够；如果社会舆论觉得医学不可爱，是因为赋予它的使命太多、太沉重；如果是草根百姓觉得医学不可爱，是因为个人健康欲求的标杆太高；如果医生自己也觉得它不可爱，是因为你身上太多的职业傲慢与偏见。我想，只有全社会都从自身反省、反思，行动起来，我们社会的医学才会逐渐可爱起来。

医学的"混账"

在我们的日常交往中，有些词语是需要进行一番甄别的，譬如"胡闹"，原初的意思大概是指"胡人（老外）的嬉闹"，并无贬义，不知什么时候我们的先祖看胡人不顺眼了，或者被胡族戏耍了，抑或大汉民族的自大意识膨胀了，一怒之下，把"非我族类"的胡人的闹腾节目给"贬"了，于是，把"胡闹"定义成"不合情理法度的勾当"，实在是词语之林的"冤案"。再说这"混账"，本来意义是商务交往中的"账目混杂"，它会给正常商务结算带来一些混乱，解决起来并不难，招来交易双方坐下来细细分辨开来就是了。不知什么时候开始，"混账"也变调了，逐渐演化成一个道德感、情绪感都很强的训斥语。其实，这世界是复杂的，许多事、许多学问都遵循"混沌"的原则与规律行事，不会全是"小葱拌豆腐"，需要"王顾左右而言他"。因此，我们不能完全以会计或审计的头脑处事，把"混账"的眼光与多元的思维统统打倒。也不能一听说"混账"，就毛孔发冷，以为在挨骂或者受斥。

无疑，人类认识自身的医学是复杂的，它的身份就有些"混沌",医学是什么？一直是一个问题,是科学？是人学？在国人这里,无论是知识分子,还是普罗大众,都坚信医学是科学,只有"一小撮"人文学者认为医学也是人学（包括人的科学）,但在西方,"医学不是科学"的认知却是十分普遍的。或者可以折中一下,既是科学,又不是科学,基础医学是科学,临床医学更多的是技术与艺术,因此,诺贝尔奖的医科分项叫"生理学及医学奖"。如今,临床医学正在变为临床科学,临床医生也正在演变为临床科学家或技术工程师。病人成为与小白鼠无异的受试者,SCI成为衡量医生的金标准,这样的价值取向严重阻断了医学人文性的发育与人文化的气场。医学的单边主义选择是当下现代性弊端恶性发作的根源。

要厘清医学的属性问题,还得先定义好"科学"的内涵与外延,在中国,社会大众语境中的"科学"是真理的代名词,是正确性、实用性、权威性的知识与方法,在这个意义上说话,医学必定是"科学",这涉及医疗活动的社会合法性问题。

严格意义的科学源于西方的两大历史思潮,一是古希腊学统中的"为真理而真理、为学术而学术的,而非功利地对自然界的纯粹理性与客观秩序的探索活动",这种类型的科学,"五四"时期被译成"赛先生",颇为传神,它的特征是内在性、纯粹性（非功利性）、批判性、建构性,科学思想史家吴国盛称之为"沉思型的科学"。

科学的另一个理解是指欧洲大陆在文艺复兴之后,伴随着近代实验技术与方法兴起之后的"以预测为先导（自觉的而不是自发的）、锁定特定的研究主题与条件、随机取样、可重复实验、运用统计方法进行结论分析"这样一系列重证据、重实证、重数学运用的还原论研究流程与形而上学的思维范式。其特点可以归纳为真理性、探索性、客观性、随机性、可重复性、功利性，吴国盛称之为"力量型的科学"（有一说为"实验型的科学"）。

如果按照广义的科学定义，医学即科学没有疑义，但如果遵从严格意义上的"科学"传统与立场，医疗活动中的许多程序与内容是必须"入另册"的。譬如"病因"，科学的病因学必须是客观的，因果链条的演进关系是循证的、确凿的。统计数学的导入提升了医学群体研究、疾病一般规律的认知水平，但是无法突破因为"个体"医学研究的复杂性"高墙"，抵达"个体"人类的多样性、复杂性包裹的"真理内核"。因此，许多情况下，尤其是个体疾病的因果分析都是推测性的、或然的、片面的。现实的研究瓶颈是"脑科学"的精微奥秘至今迷雾重重，人类的躯体性，即生物学属性，与灵魂性，即心理学、社会、人文属性无法在这里融会"并账"，只能简单"混账"。

病因学的"混账"境况必然波及治疗学。科学的治疗应该是针对真实病因的"靶心"处置，但无奈我们很多情况下，无法寻找到真实的、彻底的、完整的"靶心"，也就无法给出病因学治疗，而只能做发病学、症状学处理，甚至只能做泛化的准心理学治疗（安慰剂治疗，而不是严格意义上的心理治疗）。心术不纯者更是为了提取药品奖励，把有用的、没用的，甚至有害的药品统统堆上去，开的不仅仅是学理上，更是良知上"混账"（医德沦丧）的处方。回顾一下近代医学的历史，检点一下自己的医疗行为，医学都干了些什么？都能干些什么？我们应该建立自省力，尤其对于人类在医学上的"拯救力"（干预力）不应该太狂妄、过分乐观，要常怀敬畏之心。在临床上常常有这样的现象，资深大夫说话、下结论比较谨慎，多是"以×××多见"、"以×××可能性大"、"我们将尝试做×××治疗"云云，恰恰是初出茅庐的医学生口气最大、结论最肯定。同样，在美国北部的撒拉纳克湖畔，有一座医生的墓，里面安卧着特鲁多大夫，墓碑上这样写道："有时，去治愈；常常，去帮助；总是，去安慰。"这个墓志铭大概真实地表达了近两百年来人类医学与医疗的心态与姿态。

也许，仅仅从理论医学与伦理的层面来讨论有些"干涩"，我们可以回到鲜活的医疗生活中来"拉家常"。一个医师与病人共同的日常经验就是——疼痛。在临床上，疼痛是最普遍的主诉、最直接的求医动因，是底座最庞大（病因最庞杂）的"冰山之尖"，也是遭受社会批评最多的医疗项目，如"治标不治本"的症状学处置，"头痛医头，脚痛医脚"的局部治疗，其实，根子都在疼痛形成、表现的多元性、多样性、复杂性上。在患者的主诉中，疼痛的叙述（部位、频率、强度、忍受度、伴随感受、前因后果等等）最主观，最直觉，最个性，也是最富有想象力、最离奇、最矛盾的"文学"与"司法"素材。每一次疼痛的发生与演进都有一个精彩的人生故事，都是一个心理、社会事件，一个判例，甚至是一个精神事件，仅仅从生物学向度去解读是分内的、省事的，也是苍白的、片面的，而一旦归于心理、社会、人文的非躯体领域，又是一场无谓的"知识游戏"，依当下医疗现场的繁忙景象来说几乎是奢侈的、几近无聊的"虚蹈"与"折腾"，最终难以在有效处置上有所"作为"。所以，许多临床大夫不愿意接受"混账"的多元探究思维，而惯性地循着生物学还原论的思路继续"分账"下去，一时恐怕也难以指责他们。不过，一旦脑壳里（脑科学）的秘密被破译，生物—心理—社会—人文的交换密码与机制找到，局面就会发生巨变，它的意义将会大于DNA双螺旋模型的发现，也会比DNA的模型与机制美妙复杂，到那时，人类不仅可以轻松地疗治疼痛，还将在更广阔的天地里认识生命、疾病、死亡，驾驭自身的命运。

风物长宜放眼量。如果着眼于未来医学的远景，着眼于医学的"必然王国"境界，当下还应该有那么一些"混账"的宽容和进取。

理想的医学与医学的理想

理想的诱惑

理想、理念、理论、理性，都以"理"为本，但现实命运各异。当下的人们极度崇尚理论，追逐理性，却轻慢理念，怀疑理想，这分明是一种价值倒错。在人类终极价值谱系中，理想、理念高于理论、理性。但在世俗语境中叩问理想，要么是奢侈的张望，要么是廉价的许诺，都是一份不合时宜的信仰。在市侩主义者那里，理想是对未来的遐想，10年，20年，100年……时间跨度之大，甚至超过生命的尺度，大大消解了理想的功利性，个体生命的有限性，无法完成追逐、体验漫长时空的理想奔跑，于是，人们对其敬而远之。此外，相对主义也在侵蚀理想和理想主义的肌体，因为一切理想都必然沦为不洁的现实，一切现实都曾经是亮丽的理想。1794年5月，德国哲学家费希特应邀为公民社区做《论学者的使命》演讲，就曾透出几分彷徨，批评这是"一个丧魂落魄、没有头脑的时代……把它自己所不能攀登的一切称为狂想……一切强有力的和高尚的东西对它产生的影响，就像对完全瘫痪者的任何触动一样，无动于衷"。在论及"医学的理想与理想的医学"话题时，我也怀抱同样的不合时宜之忧。

无论是"医学的理想"（将医学前置，表示抱负），还是"理想的医学"（将理想前置，表示境界），都意在将"医学"与"理想"捆绑在一起，反叛、违拗现代性，揭示医学与人类价值的关系，借理想的名义，重新审视、改写当代医学的思想与历史，重新安排医学的价值谱系，安放职业精神的座架，构筑有价值、有德性的人类医学，而不仅只是有用、有效的人类医学。叩问医学与理想的关系是一个哲学化的认知阶梯，通过"词语"的咀嚼，完成一系列新范畴——如生命（聚焦于基因的生物）与生灵（有灵魂的生命），真理与真谛，正确与正当，疾病与痛苦，救治与救赎，镜像与境界，进步与异化——的开掘。其实，遥望理想的彼岸，并非完全为了抵达，而是为了进取的过程。理想的企及是一个灵魂煎熬、升华的历程，宗教情怀（殉道、救赎）的生发历程，使心智在人性攀缘中更加丰满。无论是遥望理想，追随理想，叩问理想，还是与理想对话，都是把理想铸造成一把神圣、纯粹的标尺，一面澄澈的明镜，在这把尺子和这面镜子面前，现实是残缺的，需要批判、反思与修补，因此，理想的张扬就是对现实残缺性的反省与修补，重建医疗生活中价值召唤的满意度。

无限悲哀的是理性主义者已经把现代医学的理想绑定在技术的高速列车上，认定医学的理想不过是现代科学与技术的线性与惯性抵达（如同下一个停靠的车站）。以此来否定医学的哲学化建构与灵魂（精神化）约束，他们着眼于纯粹理智的、逻辑的、客观的分析（认知），试图把人生价值问题从哲学中清除出去。其实，理性与理想，真理与价值的分离是西方现代哲学的重要命题，可惜的是不常用来反思医学的精神生态，因此，弥合理性与理想、真理与价值的裂痕是医学人文主义的基本任务。"现代医学"一词，隐含着不容置疑的知识霸权，分明是最后的、最好的、可及的医学系统与形态。理性主义的逻辑是：科学、技术的进步带来不竭的效能与效率（最优化与最大化），效能与效率带来人类欲望（包括无痛、无疾、不老、不死）的满足，满足带来人类幸福。强化一种功利主义、孤立主义的幸福感与幸福观。他们不仅梦耽于（极度讴歌、迷恋）科学、技术所创造的速度与效率奇迹，还迷信科学的天然纯洁、自我净化及技术的自我纠错能力，认为今天的一切缺失与遗憾都是科技效能不全的结果，都将随着科学的发展与技术的进步得以解决。然而，现实却是严酷的，医学的现代性危机（技术越发达、越短缺，人性越贪婪、越荒芜，医学做得越多、抱怨越多，以及医生的妖魔化、医学的污名化、医患关系的恶质化）击碎了技术主义的玫瑰梦，也戳破了现代性的无瑕面具，现实告诉人们，现代性就是碎片化，俗世（市侩）化，迷恋当下，告别理想，拒绝崇高，消解神圣。因此，质疑现代性必定成为一种哲学立场与研究策略。

理想如何成为可能？

理想与医学的组合不是一对孤立、抽象的关系，可以推演、具象为理想的医疗（医改），理想的医院，理想的医生，也可以追溯到生命与人性之本，从更高境界上看，唯有理想的生命认知与理想的人性（德性），才会有理想的医学。

医学的理想常常被实证思维还原为目标追求与过程节序，技术论者的预测思维是"沙盘推演"，首先建构实证的"理想的图景"，然后寻找可靠的"途径与方法"，理想实现如同暗房里冲洗照片，理想的底片逐渐显影，最后定影成为现实图像。肩负批判、质疑使命的医学哲学，并不关注医学的理想图景是什么，为什么，也不会与技术论者去比拼理想图景的细节描绘，而更关注"理想及理想目标如何成为可能（以及如何成为不可能）？"包括四条人文路径的开掘，体现了当代医学哲学（理念）拓展的着力点，也凸显了当下医学人文学术集群的基本使命。

其一，技术批判哲学路径：通过医学现代性危机的透视，对技术乌托邦、技术决定论进行系列的反思、批判，继而叩问生命的本质与技术干预的可能性，如决定性与随机性（偶然性），简单性与复杂性，生命的进化与退化，乐观与悲观，活力论与机械论，稳定性与漂浮性，有序与无序等哲学范畴。进而思索技术进步的本质，揭示其技术异化的可能形式。将单向度的技术纳入理性与良知的双重约束之下。

其二，生死（苦乐）哲学路径：通过个体生命的偶在性，生命进程的不可逆性，个体死亡的偶然性，生之欲与死之惧，人类苦难的永恒性，快乐的短暂性等存在主义哲学命题的开掘，来重塑人们的疾苦观、生死观、健康观、苦乐观，继而塑造豁达的医疗观，区分开绝望—希望—欲望—奢望的目标设定，为理想医学的抵达开辟精神通道，提供观念支撑。相反，倘若人们关于医学、生命、健康、疾苦、死亡的价值基线迷失了，观念迷乱了，即使技术再先进，也将失去理想的医学（医院、医学、医生）。

其三，医学伦理学（道德哲学）路径：当下医患关系中的危机频繁已经激起人们更为强烈的伦理学关切，职业精神的讨论也注入更多的伦理学内涵，职业理想人格的锻造，以及美德如何成为可能等命题不断成为议论的焦点，当下的问题是我们并不缺乏职业理想（以及偶像化的道德楷模）的召唤，而缺乏有内容的伦理生活，缺乏职业精神的基石（诚实、互信与利他）的铺垫，支配医者思维与行为的技术主义存在严重的缺损配置，只有知识与方法的循环加速机制，而没有道德的自我净化机制，其价值内核是功利诉求（追求最大化、最优化），如果缺乏职业理想引领的人性拷打与提撕，冷漠（中立）、傲慢（先进）、贪婪（最大化）等人性弱点就会消逝职业操守，遮蔽职业理想的光芒，让我们的技术精英在占据学术制高点的同时失去道德制高点，甚至失去道德前景。

其四，文学叙事（叙事医学）路径：用"文学隐喻"来揭示医疗中技术异化的可能性，展示医学理想的批判性，算是理想叙事的一次"反弹琵琶"，解构的是技术主义的乌托邦映象，建构的是充满敬畏意识与反省精神的理想天梯，而且富有思想史的启迪意义。在西方，勾勒姆、弗兰肯斯坦的隐喻家喻户晓，其中柯林斯"勾勒姆"（医生、医院、医学）的隐喻有两重意义，一是从基线上规定医学的价值缺陷（人类理性无法企及的"膏肓"与"魔高"），必须接受理性和良知的双重管制，二是揭示"安慰剂效应与抚慰性治疗"的价值向度。玛丽·雪莱的"弗兰肯斯坦"（医生）的隐喻更加犀利，警示医生无论何时都不要试图充当上帝，不然的话，将是灾祸的元凶。卢里亚"老虎机与破试管"的隐喻有几分自嘲，有几分讥讽，现代医学在大量消耗金钱之后只提供了支离破碎的生命图景，提醒人们不要过度迷信新技术，在生命的无限奥妙面前，人类的认知能力还很幼稚，需要不断地艰难跋涉，才有可能抵达理想的山峰。

总之，在医学前行的路上，不仅应该关注是与非，真与假，利与害等实证命题，还应该关注善与恶，清与浊，知识与信仰，理想与现实等价值命题，拜伦·古德有感于现代医学教育只注重知识与技能的提升而忽视价值观的输送的偏失，曾大声疾呼：知识不是信仰，知识的增长不是精神的发育。理想就是信仰，一份神圣的祈望与守望，它是职业彼岸的灯塔，是生命之舟的桅杆，引领这个群体永不迷航。

现代医学的向度

"向度"本是一个物理学概念，意思是说物理量的递延具有一定的方向性，是一个"矢量"。后来，人文研究把它引入精神生活的梳理与建构，借用它来揭示思想流变的多向性与当代思潮的多元生态、主流趋势。毫无疑问，这个概念和它提示的思维镜像，对医学生与他们的老师来说有些陌生，因为，这之前很少有人用这个概念来叩问医学，说来这恰恰是院内医学人文"贫血"的标志（说来奇怪，在科学人文的学术人群中熟知这个概念）。

医学是人学，它不仅仅是人类关于自身形态、功能、代谢现象与规律，生理、病理、药理知识，诊疗、护理、康复技术体系的建构历程，也是生命中痛苦与关怀、苦难与拯救，职业生活中理性与良知搏击、升华的精神建构历程，因此，医学的精神向度是相当丰富的。现代医学是医学发展的最新阶段，它所呈现的精神向度不仅是丰富的，而且是精彩的。

向度思维是学科前行的战略审视与考量，具有这种思维境界的人不多，也不必多，各个学科都一样。在现代医学园圃里，早在 20 世纪 70 年代末，就有一位叫恩格尔的大夫，极力倡导医学模型的转变，推动医学由"生物医学模型"向"生物—心理—社会医学模式"转变，力求从本质上改变现代医学的视阈，丰富现代医学的向度，这一变革直接改变了人类"健康"的基准与定义，健康"不仅只是没有疾病和虚弱，而且应该在躯体上、精神上、社会上保持完满的状态"（世界卫生组织关于健康的定义）。虽然这一转换对于现代医学的向度拓展是有限的，它只是初步延伸到社会学的领域，心理学本来就是现代医学的"近邻"，相形之下，现代人文学科不过是它非常边缘化的学术"远亲"，尽管如此，它对于现代医学的"现代性"凸现却具有划时代的意义。在思想界，学术的"现代性"不仅仅是学科知识的线性递进，只在内容上呈现当代形态，而是在演进路径、学科形态、思维方法等诸多方面对既往知识本体进行反思与批判，并在反省中完成螺旋式提升。其中最鲜活的命题、最迫切的使命就是对"知识技术化"的冲刷，以及对"知识思想化"的培育。而"知识技术化"恰恰是现代医学的致命伤，论及"知识思想化"的气息，现代医学更是相当缺乏。

知识的技术化，表现为两个特点，一是在非常狭小的范围之内，处理一点一滴的问题（有类与医学研究中的还原论思维与形而上学方法）；二是这种知识，以及研究主体都努力与活生生的人和社会相疏离。相反，知识的思想化则从活生生的人与社会的关联上做点滴的事情，融合成完整的人，汇流成完整的社会与时代，成为一份人生与社会的承担。在法国存在主义大师萨特看来，前者只是技术家，后者才是真正的知识分子。在现代医学与当代医学家面前，也横着这样一个岔路口，是走知识技术化的路，还是走知识思想化的路，关涉学科的未来活力，职业的尊严。少年时代读西方乡村小说，依稀有些共同的回忆，就是小镇的"良知"总是由三个人来承担的，牧师、校长、医生，遇事镇长都要问策于他们，似乎威猛的警长也只是"劳力不劳心"。细细想来，作为小镇灵魂人物的医生大概不只是会处理躯体的伤痛，而且具有良好的人文素养与超凡的人格魅力。

人文主义，无论是人文主义理想，还是人文精神，抑或人文知识谱系（哲学、历史、文学、艺术、宗教五大学科），它们对于医学都是一个传统而又崭新的向度，它比恩格尔的"生物—心理—社会医学模式"更加"波澜壮阔"。它不是对技术向度的稀释，而是对它的"立体性"丰富，不仅对医学与医家的精神内涵有极大的拓展，同时也给医疗"矫治性"（建设性批判）提升以人性的滋润。因此，现代医学人文的兴旺之日，也是现代医学的现代性"灿烂"之时。

何谓医学的"现代性"的灿烂？首先，它是**"有用"的医学**（人文主义并不排斥技术向度的充分发展），完成从"有效"的医疗到"高效"的医疗的技术飞跃，继而成为**"有理"的医学**（理论医学）、**"有根"的医学**（医生），在这里，不仅只是述说技术之理，还应该展示哲思之理，智慧之美，有历史的积淀，有人文的渊薮，有伦理的关怀，有人与人心灵深处的呼唤与辉映。由此真正超越医学的技术功能，成为**"有情"的医学**（医疗），**"有趣"的医学**（医疗与医生）。归根结底，成为**"有生命"的医学**。那才是"现代性"医学理想的港湾。

由此看来，我们完全有理由热情地拥抱"医学人文"，把医学多向度发展的罗盘同时对准医学人文的向度，提速！！

医学需时时校正准星

战士出征前，最重要的工作就是为手中枪械校正准星，而且临阵必校，不能一劳永逸。医学中的核心概念（母题）就如同枪支的准星，它是医生思维的基因，是社会生命意识与健康观念生发的原点，对于这些核心概念的悉心推敲与辨析，关涉医学的价值取向、学术旨向，如果任其漂移，必定迷失于歧途。因此，古人治学，常常先要下苦功辨词析义，俗称为"煮字"功夫，此乃训诂之学问，博大精深自不待言。然而，今日医界却每每大而化之，依凭常识，陈陈相因，不再独立思考、辨义煮字，不仅失去了不少语词推敲、琢磨的乐趣，也空掷了许多精神盘旋、学术反思的契机，造成现代医学的价值大厦默默漂移，长此以往，医学家们也会丧失宝贵的学术自省力和纠错能力。本文将通过四组核心概念来洞察当下的价值偏移，并试图从观念上予以适度校正。

1. 卫生与厚生。近代西学东渐，大量科学术语的译法源自东瀛日本，譬如科学、健康、卫生，医学知识呈现西洋化，医学语词却是实实在在的东洋化，但细究其根脉，许多还是中国传统意象的现代表述，譬如日语中"厚生"一词，既有敬生、惜生、护生、养生之佛禅古意，又有人道情怀、人性张扬的现代意识（日本政府内设机构为"厚生省"），相形之下，医疗技术只是服务于厚生目的的工具。然而不知何故，厚生一词不曾见诸中文资讯，人们更喜欢使用近义的"卫生"一词，究其意蕴，乃"保卫生命"的缩写，一度与"爱国"连缀，就更显得激越昂扬。如将"卫生"与"厚生"词语相参，职业价值、生命观念、临症姿态都大有差别。卫生有强烈的抗争之意，是急病、传染病时期的医学策应之道，语境里透出浓烈的战争气息，抗拒疾病、衰老、死亡，一切都不容妥协，战争模型跃然纸上；厚生则显得语境和缓、行事从容，有敬畏、调摄、颐养、顺应、容涵之意，是慢病时代的医学应答。治疗与照顾，技术与人性的张力尽在不言中。前者凸显出一股少年意气，后者流淌着几丝长者豁达。因此，我们虽不必短期内将"卫生"一词冷冻，但融入一些"厚生"的理念实属必要。

2. 生命科学与生物科学。医学的科学划界问题，关涉其在科学共同体中的知识群落与文化归宿，如今提法上多少有些含糊，一会儿归于"生物科学"，一会儿又归于"生命科学"。其实，"生物"与"生命"，一字之差，意蕴穿越千里。当年，恩格尔就是从这一字之差中洞察到生物医学模式的局促，开辟出"生物—心理—社会医学模式"的新疆域来，三十多年过去了，人们意识到即使是"生物—心理—社会"三个向度的叠加也无法填充"生命"的价值空间。何为生命？不只是形态—功能—代谢，也不唯有生物属性、心理支撑、社会归属，还有灵魂的寄寓，是身心灵的整体，现代医学所能抵达的高度还十分有限，因为，人类生命体的疾病不只是躯体理化指标的偏移，而是身心的蒙难，灵魂的躁乱。昔日，西方医学与宗教结伴入华时曾经倡导"疗身"与"疗灵"的结合；今日，安宁和缓医疗实践中推行的"灵性照顾"，半幽半明地揭示了医学的前程，必然由躯体的救助演进到身心灵的拯救和救度。

3. 医学与健康科学。在"北京大学医学部"的主校门，巨大的标识牌镌刻着中英文机构名，"医学部"不是按照通例译为"Medical College"而是译为"Dep. of Health Science"。究其初衷，无非要入"科学"麾下，做一名"孝子贤孙"（科学之下是生物科学，生物科学之下才是医学），似乎不是科学，就失去了真理性、正当性、唯一性。其实，在西方主流文化谱系中，医学与科学早已是"兄弟"关系，通常并列称为"科学、技术与医学"（STM）。美国医学哲学家穆森对此早有论证，尽管医学知识可以还原于科学，但整个学科无法还原于科学，如果医学全盘接纳科学的纯粹理性价值，就会牺牲其丰富的人文性、社会性，一旦成为纯粹的科学，就必然会遮蔽、偏离医学的职业愿景、价值、终极关怀、目的与精神，职业冷漠就成为合理。医学自古秉持人本主义立场，倡导人道、人性优先原则，反对真理（理性）优先、技术（工具理性）优先、政治（意识形态）优先、种族（民族主义）优先，提供基于人性的关怀与眷顾，成为社会向善、向上的正义力量。此外，将医学学科置身于"健康科学"名下，也有鞭长屋窄（逻辑错位）之困，健康是以正常生命状态为对象的研究谱系，而医学则更多地研究偏离正常的疾病（苦难中的人类诉求）状态与干预策略。由此看来，名实之辨，不仅只是纠结于校名标识，而是厘清医学的价值坐标。

4. 医保与健保（保健与保康）。医学与健康科学之辨还波及医学的"医疗保障"与"健康保障"的语义与功能之辨。有人常常将两者等同起来，逻辑上的因果关系说得过去，但词义上的重叠关系无法建立。医院作为医学庞大的救治机构建制，给社会提供的是复杂细分的医疗服务，健康教育（促进）仅仅是辅助功能。历史上烈性传染病肆虐的惨痛记忆让公共卫生（从防疫扩大到慢病防控）机构蓬勃兴起，作为健康危险因素控制或危机事件管理，可归于健康保障，但不是健康保障的全部，也不是健康保障的常态。常态是什么？是健康观念的辅导，有害行为强制管理（禁毒，限烟，控制酒精中毒、性滥交等），健康生活方式的指导，是配合医疗的心灵抚慰，是生命终末期的安宁关怀与灵性照顾。跟医疗、公共卫生服务相比，健康保障是广角镜，广域服务，全人服务、居家服务、细微服务。从乐活到善终，从解除痛苦到身心愉悦，从追求生活品质到维护个体尊严（自决）。在医保与健保效应之间，存在此消彼长的张力，宏观调控趋势是应该强化健康保障，减轻医疗保障的压力，增加国民的健康指数，降低卫生费用支出。奥巴马政府的医改目标便是"三个转变"（从疾病保险转向医疗保险，从医疗保险转向健康保险，从健康保险转向健康管理）。相反，一个国家或地区健康保障（事半功倍，微本鸿利）失序，医疗保障的黑洞将大得难以填补，甚至因医疗保障的高额支出、卫生福利不敷支持而导致政府财政破产（欧债危机便是前车之鉴），或民众因医疗资源分配不公而触发社会动荡。

健康管理的艺术在于区分开健与康之别、梳理好需与要之求，在社会财富效应高企（花钱买健康意识高亢）和新技术、新药物层出不穷（可望有体外功能替代、药物维持功能的健康）的当下，健康保障还面临着希望与奢望（之间没界河）的纠结，生活中，绝大多数人都渴望保健（无疾、亢奋、外显、积极、最佳），只有少数人祈求保康（病情受控、平和、内敛、适宜、中庸）。卫生部与公安部都是国民生命保卫部，但卫生部的诉求是保健，而公安部的诉求则是保平安，保健与保安，对每一个追求健康的个体来说都是一道智慧的考题。世界上没有绝对健康，只有相对健康，只有疾（衰）中康，病间宁，没有日日强健如牛，月月无疾如仙，到头来却是奢望越多，失望、绝望越快。

没有桥墩的浮桥

1977年4月,《科学》杂志刊发了美国纽约州罗彻斯特大学医学院精神医学教授G.恩格尔的论文《呼唤新的医学模式,应对生物医学模式的挑战》,这便是后来成为当代医学观念变革思想旗帜的"生物—心理—社会医学模式"的首次亮相,当时,刚刚从"文革"梦魇中苏醒过来的中国医学界还处在与世界医学资讯的半隔离之中,不曾有多少学者在第一时间读到这篇文章。一直到1979年《医学与哲学》杂志创刊(该刊是近30年来倡导新医学模式的重镇),"新医学模式"才受到中国医学界的普遍推崇与重视,很快就成为我们医学职业语境中日渐流行的、时髦的"公共话语",成为医学变革时代思想激荡的"陀螺"。

30年斗转星移,环顾左右,无论医学与医疗格局,医院与医生境遇都发生了巨大的变化,"新医学模式"的"旗帜"依然高悬,然而,生物医学模式的"堡垒"动摇了吗?"生物—心理—社会医学模式"新的"大厦"奠基了吗?也就是说,30年前恩格尔在医学观念上"红杏出墙"的"灿烂"是否转变为当下医学理论与实践上"硕果累累"的"丰实"？呼啸而过的"公共话语"、"观念创新"所树立的"旗帜"怎样才能转化为新的融会于临床和实验过程之中的"研究纲领"？这是一个当代医学思想史的严峻命题，是对现代医学"命运"的叩问，本质上是当代医学由"现实的医学"逐步逼近"理想的医学"，由"技术的医学"走向"理论的医学"，最终推动医学由"生物学"（医学的生物性）回归"人学"（医学的人性）的必然阶梯。当然，我们的心智需要时光的磨砺和淘洗。不过，回溯30年的实践，许多场合中，"新医学模式"只是作为一项"宣言"（更多的是一项观念革命，对于医学发展的实际影响并不明显，因而只具备"语境"构造的意义），而未能成为基础学科与临床学科真正的"研究纲领"。30年间，我们修建了一座没有"桥墩"的浮桥。此外，还有另一种声音称新医学模式不过是"常识"的"纲领化"，因而不具备"旗帜"的精神价值。无论是高估或是低估恩格尔论文的理论价值，都造成了当代医学理性思考的"悬空"，以及终极思考与关怀的"缺失"。

细读恩格尔的文章，不难发现，他与其说是在讨论医学模式，不如说在讨论疾病模式；与其说在展示洞察力与智慧的彻悟，不如说在罗列当代无奈的问题谱系。其表层主旨反映的是观念的递进，是贝塔朗菲系统论意义上"要素子集"的拓展，其深层的哲学与思想史意义在于"问题子集"与"根本纽结"的确立，他笔下展开的不只是医学模式从迷失到洞明的简单逻辑，不只是智慧落地，而是我们职业母题（医学是什么？疾病是什么？）在当今技术时代的致命忧患，是一系列的问题落地与方法落地（即医学人文方法的演示）。

首先，恩格尔告诉我们，"生物医学模式"合理性与合法性的"根结"（坚实的学术与方法论的"桥墩"）是"还原论"，是科学的"统一性"（或"同一性"）观念，在当今社会，这种观念与准则正在演化成为一种社会信仰，一种文化上的"至高命令"。但是，生物医学模式"解释力"存在着一个明显的"短板"，那就是"精神疾病"的病因学与病理学，作为精神医学专家的恩格尔就是从这里撕开了一个缺口，对生物医学模式的"普遍性"与"真理性"提出质疑。

无疑，恩格尔从"根基"上质疑、批判了当代医学的"底座"（还原论的观念及其方法），较之那些"只见树木，不见森林"，只承认现代医学在过程中、细节上存在观察与分析失误的医学家来说，表现出广域思考的眼界和敢于怀疑、批判固有观念的胆识，但是，他的批判基本上属于"天马行空"式的观念"呼啸"，而不是严格意义上的实证研究，文中仅仅列举了精神分裂症与糖尿病比较的研究资料，来区分躯体疾病与精神疾病的类型差异，以凸显现代疾病的类型意义。揭示它们之间存在着生物学"强解释"（在当今时代存在确凿生物病因证据与生化、遗传缺陷证据，以及明晰、必然的因果传递关系）与"弱解释"（当下有生物学证据，但不确凿，或因果关系或然、不清晰）的分野，对于生物学"弱解释"的疾病应该转向"社会、心理、文化解释",从而为新的医学模式的提出开辟道路,预留空间。

恩格尔是一位临床专家,不是理论学者,悉心揣摩恩格尔创立新医学模式的动因,既有个人职业体验,如临床应诊时的感悟,对精神疾病大量非实验室指标的深层理解与充分解释,依据传统心理分析对于病人倾诉的格外重视,也有时代潮流的投射,医疗服务困惑的苦闷,如主诉的漠视,对实验室指标的过度依赖,新药、新技术大量使用造成医疗支出的高涨,医患情感纽带的几近断裂,医患之间道德共同体的基本缺失,根本上是在改变医学的"人学"性质,使之成为一门"彻底"的生物学。

应该肯定,新医学模式的倡导直接推动了心身医学、社会医学的兴起与建制化,间接推动了医学哲学(多元模型)与卫生服务(人性化)的观念更新与制度转型。但是,它不是人类医学范式的最终,也不是最优表达(应该是"科学的医学"+"人性的医学"+"自由的医学"的完整表述)。也许恩格尔的理想不是建构终极的人类医学模式,而是引导当代医学以人为本来彻底反思医学之"轻",疾病之"轻",人性之"轻",梳理、寻找病患的意义、疾病体验的意义,追查职业冷漠的终极原因,扭转"见病不见人"、"生物因素第一"、"技术解决唯一"的职业偏见。医学由唯一的、偏颇的"科学化"回归于"人性化"与"艺术化",最终实现医学的本真意义(德、行、技、艺)和同一价值(真、善、美的统一)。

技术的前厅与人文的后楼梯

医学关涉民生，大家都有理由来关注它，但如何关注出现了分歧，医学实在是一条"九尾狐"，视角不同，姿态各异。道理其实很简单，人是自然界最复杂的"东西"，就像相声中抖"包袱"，"人"是"东西"（物质性，由蛋白质、脂肪、水等物质构成），人又不是"东西"（超物质性，人是万物之灵，有思想，有情感），于是，研究人的医学就必然陷入"多元"的认知"徘徊"之中，不像其他的自然科学那样"纯粹"，一条"栈道"往上爬。没有"岔道"，学理谱系也很单纯，没有"旁枝"。所以，现代的数理化学科是血统纯正的"独生子"，没有"表亲"，也大致没有"父母"，历史意识很淡薄，不识几十年前的学术"人梯"，这样的"科学经验"与"科学思维"一定型，就难免会"发问"，数学物理没有中国数学美国数学、英国物理德国物理之分，为何医学还有"中医"、"西医"之分？化学起源于"炼金术"，但现代化学已经彻底割断了传统的脐带，为何传统医学的"脐带"总是割不断？当下对"中医"的诘问都可归因于这样的"差异"求证。它是

"科学探索"精神的体现，如同"纯种马"与"杂交骡"的优劣纷争，可以争辩很多年，但是，如果结论争执不下就操刀杀"骡"，那就是希特勒式的卑劣"做派"了。

在"科学崇拜"的公共语境中，科学就是绝对真理，是唯一正确的认知方式与思维方式，是"第一推动力"，也是"第一生产力"，是"真善美"的总汇，是人类价值的化身。所以，那些"半截子科学"、"半吊子科学"、"前科学"、"潜科学"乃至"非科学"都要挤进"科学"的庙堂，抢一件科学的"外衣"披上，跟"赛先生"攀上一丁点儿亲戚，不然就无法在当今世界立足，就有人来"灭门抄斩"。所以，我们的生活里"伪科学"越反越多，连"算命先生"也要架上一台电脑，挂上"科学预测"的招牌。是绝对化的思维定势与相应的"语词暴力"给闹的，给逼的。可不是吗？在人类知识谱系中，关于"自然"的学问全数归"科学"了，关于"社会"的学问也"科学化"了，连关于"人文"的学问都即将被"科学"收编了，一切正确、有效的方法都叫"科学方法"。满城尽带"黄金甲"，天下学问皆"科学"。在"白天鹅"主导的动物世界里，"黑天鹅"一律被视为"伪天鹅"，殊不知，黑天鹅的存在具有强烈的类型意义，它打破了"世上天鹅一般白"的铁律，让人们对"白天鹅"的世界保有一份怀疑与批判，对动物世界的神秘保有一份敬畏之心，它告诉人们"科学"的彼岸不在已知知识与技术的延长线上，也不能一"网"遮蔽天下，但是，我们却坚守"清一色"的思维原则，将"黑天鹅"杀戮，或者将它的羽毛染白。可不是吗？中医研究院运行五十年了，地位越混越低，赶紧改名"中医科学院"，但仅仅改名并没有阻挡"科学主义"肃伪斗士们的围剿。因为中国古代没有科学，中医发端于中国古代，因此，从血统上看没有科学的基因。其实，严格地讲中国古代没有科学体系、科学建制，但是有科学思想（所谓"天才的预测"，属于潜科学的类型）的存在。它在临床上有用，有效，当研究的思路、方法，说理的语码与现代科学尤异，它的"效用"被认为要大打折扣，科学共同体就拒绝承认，是假冒伪劣，必须限时取缔，维护科学的纯洁性。其实，医学上的有效、有用与充分说理（现代医学的一家之理）之间为何不会发生时间差与文化差异呢？何况临床医学在西方语境中并非严格意义上的"科学"。传统中医根植于中国传统文化，守护着中华民族的生息繁衍，有自成一体的学说和人文主义特征的思维、研究方法。在发展历程中应该学习、借鉴现代医学与现代科学的技术与方法，但不可丢掉自我的学术之根。西方文艺复兴之后兴起的近代科学，是一种探索自然奥秘的路径和方法，如还原的路径，实验的方法，随机，双盲，对照的分析，引入数学工具找关系，找差别，这些成功的方法无疑都是值得尊重的。但绝对不是唯一的方法。尤其是作为人的医学，生物性、心理性、社会性、人文性交杂，内在理路十分丰富。尤其应该重视地方性知识体系的多样性，因此，我们应该大胆地为中医辩护。

医学是"杂种",毫无疑义的"杂种",按照国际医学界的通识,它是科学、技术、艺术的杂合,世界卫生组织（WHO）关于健康的定义,恩格尔的"生物—心理—社会"多元关怀的医学模式,诺贝尔奖项中"生理学或医学奖"的表述都可初步证明这一点。因此,所谓**"伪科学的医学"**本身就是一个伪命题,因为,医学的知识与价值相当一部分不在自然科学的领地里,而是延伸到社会学科、人文学科的疆域之中,属于非科学,甚至反（思）科学的知识阵营,这让那些秉持科学意识形态化、权力化的狂人十分恼火,急于绞杀,便假借"伪科学"之名,呼吁告别、取缔中医,无非是期望言辞的偏激制造一些媒介波澜,为个人赢得一些片刻的眼球效应而已。对于这些人的表演不必太在意,但被他们搅乱的思想必须厘清。倘若真的如他们所愿,将医学中的非科学、反（思）科学知识与慧根割断,那将是医学的大不幸。

医学的杂合价值与知识向度是由"人"的多重属性决定的,而且各个向度互有优劣。

"人是动物",便有了**"生物科学的医学"**。于是,医学的发展导向全面、系统的还原论研究,人被"剥洋葱皮"一样,从器官、组织、细胞、亚细胞、分子,疾病的细节与因果链条被发现。但它的误区是"局部视野"与"科学（实验）至上"。

"人是机器",便有了**"理化科学与技术的医学"**。于是,声光电磁的各种新技术都被应用于诊疗活动之中,医疗的客观性、目的性、干预性大大提高，医学的发展部分导向机械论的定势，误区是"技术崇拜"（技术主义）。

"人是社会性动物"，便有了**"社会的医学"**。于是，医学的研究导向社会化、群体化、和谐化，疾病与健康控制的版图大大扩充，误区是医学研究的过度外在化、环境论。

"人是会思想的芦苇"，便有了**"人文的医学"**。于是，医学的研究导向思想化、艺术化、精神化、智慧化。误区是将医学思考引入过度理想化。

中医根植于中国文化的沃土，是一座文化老宅，它既有技术的前厅，又有哲学的后楼梯，还有人文的后花园，唯有穿行其中、浸淫其内才可登堂入室，深入认识、领悟。它既是博物学意义上的自然科学，也是艺术意义上的应用技术，还是历史、哲学意义上的人文家园，一个具有独特文化差异性的类型医学，功能上有用、有效，学理上有根、有灵，风范上有情、有趣。在"英特纳雄耐尔"（全球化）语境下，尤其具有鲜明的区域、民族性格和神韵，值得我们花气力深入研究，发掘。中医欢迎有内容的、建设性的批评、反思、诘难，但是拒绝没有抵达的"告别"，更反对无理无畏的"取缔"。为中医辩护的意义不只是保存传统，另一重意义是向科学主义的傲慢与偏见挑战。

"老虎机与破试管"
——生命的支离与钱财的巨耗

　　"老虎机与破试管"（A Slot Machine, A Broken Test Tube），是著名生物学家卢里亚为自传所起的英文书名，初一看到让人有些莫名其妙，不知传主的寓意。这位1969年诺贝尔生理学或医学奖得主平时口无遮拦，喜欢直言不讳，于是，这句"老虎机与破试管"名言似乎是富有批判和讥讽意味的哲学隐喻，让许多医界的学术泰斗感到不快或不安，让人联想到对现代医学的诅咒。的确，现代医学实在是太费钱财了，如同一架老虎机，有好事者推算，到2030年，随着生物高技术的应用与生活的医疗化，得将全世界的GDP全都用于医学研究与医疗保健服务，才刚好够（精算师认为尚不足）。这显然是不可能也不可行的预算，但是，医学给人类的健康呵护与承诺却还相当地少，以至于刘易斯·托马斯认定现代医学大部分技术属于"半吊子技术"，尽管每年都有数以百万计的研究论文发表，也只是提供了一幅支离破碎的生命图景。本世纪初，人类基因图谱的绘制似乎是一个了不起的成就，但是，紧随这份图谱的是一张更大数额的账单，真可谓"天底下没有免费的午餐"。不过，应当指出，人类花钱去买健康终归是一桩合算的买卖，总比花钱研制核弹头，搞军备竞赛要好。但是，人们也害怕花钱打开了一个"潘多拉魔盒"，给人类招来一批"弗兰肯斯坦"（人造怪物）祸害人类，那就不是"老虎机与破试管"的故事了，而是"农夫与蛇"或者"东郭先生与中山狼"的故事了。

其实，卢里亚不是医学哲学家，也不曾想他的这个书名成为现代医学的著名隐喻（也许完全是医学人文学家的误读误解，我们欢迎这样的误读误解），在他的自传里，他讲述了两段关于老虎机和破试管的有趣的"顿悟"故事，却是两段与批判性隐喻并不相关联的真实体验。在医学史上，科学探索的成果一方面来自逻辑的推演，另一方面也来自非逻辑的联想与顿悟。而且"此顿悟"流散出去还可以引发新奇的"彼顿悟"。

卢里亚最初的故事是这样的——

一段是关于"老虎机"的故事：1943年2月的一个夜晚，平日里并不热衷于跳舞的卢里亚被实验室的同事拖去参加印第安纳大学的一个教师舞会，音乐中断时，卢里亚发现自己站在一台老虎机的旁边，不擅跳舞的卢里亚琢磨起老虎机的原理来，思维惯性使他将老虎机与白天的细菌突变实验联系起来，细菌突变是否也遵从一种数学的概率控制呢？此时，他想到突变轨迹及其规则需要数学家的解读，于是，他将自己两周来的实验报告归拢，加上一张渴望数学求解的小纸条，寄给了有良好数学思维的德尔布吕克。不久，德尔布吕克寄回了他的数学解释。再后来，他们两人联名发表了关于"波动实验"的论文，揭开了噬菌体遗传学的神秘面纱，还开启了拓扑数学与分子生物学的联姻。

另一段是关于"破试管"的故事：1952年，卢里亚得到了一种特别的突变菌种，噬菌体可以感染杀死它，却不释放噬菌体。在其后一个极其平凡的日子里，卢里亚不小心将装有噬菌体感染的大肠杆菌试管打破了，于是他去隔壁实验室借来了痢疾杆菌（志贺氏菌），认为这样也可以完成实验，结果被感染的痢疾杆菌释放了噬菌体。后来，一个细菌世界的秘密被发现，噬菌体在突变菌中被修饰，因而不能生长，只有来到其他菌种之中才能繁殖。这个发现后来在分子水平被进一步拓展，带来基因重组技术的突破，让一组分子生物学家走上了斯德哥尔摩的红地毯，成为诺贝尔奖得主，其中一部分是生理学或医学奖，一部分是化学奖。

后来，卢里亚把实验室外的"顿悟"与实验室里的"苦行"之间的"混搭"归纳为还原论的方法论与机会主义认识论的互动。本质上是科学研究中知性与感性的融合，恰恰是那份感性给医学人文的反思提供了一个支点。

"诺亚方舟"原来是一条漏船
——带病的健康与缺少生命感的医学

　　天底下的事情每每无理而妙，相反相成，莎士比亚《罗密欧与朱丽叶》就有如此一段唱词："吵闹的爱呀！亲爱的仇！沉重的轻浮、严肃的虚妄！亮的烟、冷的火、病的健康！"单说这"病的健康"，实在是千真万确，若是依照生理正常值来筛查每一项指标，世界上绝无几位纯粹的"健康人"，所以，一切追求健康的人们都应该豁达些，不为一些细小的指标波动而烦恼（但核心指标是不可轻慢的，发现异常要及时求医，切忌大意）。

　　对于医学与医生，人们常怀虔敬，除了对他们的行为作道德批评之外，似乎并不追问其知识体系的合理性，如同许多人相信"人是上帝所造"，却无人问"上帝是谁造的？"同样，医学拯救生命，治病疗伤，它自身可曾有生命感？也没有人起疑心。试想一个缺少生命感的医学，能够担当起人类这群灵性飞扬的生命（生物学指标之外，还有心理、情绪、行为、智慧）保健与医疗的神圣使命吗？提这类问题很"坏"，如同告诉人们：诺亚方舟是一条漏船。而许多病中的人们正是将医学、医生、医院视为他们生命危难之中的诺亚方舟。诺亚方舟漏了，岂不失去了生的希望与机会。

事情没有那么糟，如同病的健康有其合理性一样，缺少生命感的医学也是我们这个技术时代合理的特征，但需要加以调整。原因是技术的急骤膨胀，掩盖或者挤占了人性的伸展，物理学成果（声光电磁）的大举侵入，消解了对生命体独特韵律的敬畏，从而把生命、生灵降低成生物，把"人"当"物"，见"物"不见"人"，各种委屈与困惑便陡然而生。于是，门诊医生问不上三句话就打发病人去参拜"机器"，人与人的故事变成了人与机器的故事，人与金钱的故事。病人的世界被漠视、被歪曲，仿佛医学服务的对象不是活生生的病人，而是借着病人躯体而来的那个病理过程。于是，许多病人怀念起百年前技术尚不发达的温情时代，其实，这不是正确的选择，技术本身无错，知识也无错，错在技术与知识的运用之中缺乏人性的缀连，缺乏生命感的滋润，也就是说缺乏医学人文学的眷顾。在中国，现代医学的蛮性在于缺少爱与智，知识的攀缘与技术的操练才显得十分的匠气。而在西方，有一批医学哲学家、思想家、社会活动家乃至人权运动者都来关注医学的生命感，通过生命伦理学的建构、堕胎及病人权利的讨论、基因歧视的批评等命题向现代医学与医疗保健制度挑战，旨在导向医学的生命感。

医学的生命感是由一组范畴构成的精神张力与拷问。它包括生命神秘感的提示与敬畏感的维护；技术的丰满与人性的饥渴；医学的发达与伦理的错位，学术的攀升与道德的堕落；资财的巨大消耗与生命图景的肢解，生命优先权的滥用与情感的匮乏、陌生感的凸显；捉襟见肘的干预与对生命自怜、自律的尊重；躯体的修复与社会、心理、灵魂完整性的破坏；研究与教学的精细与文化的贫血，凡此种种，构成当代医学的精神困惑与焦虑，本质上是人文理念与科学建构之间的永恒冲突。目的是提醒我们的医学生与职业医生有意识地构建边缘化的阅读路径与多元的思维向度，唤起他们对医学功能与本质的再思考（即自省力），这有助于他们重建冷峻的批评生活，打通科学与人文之间的学科壁垒，克服医学的人文"瘸腿"，为医学职业生活提供某种人文滋润，从而超越工匠式的刻板与脆性，提升人类医学活动的理性境界。

当代医学影像技术的突进与异化之途

　　意大利史学家贝奈戴托·克罗齐在中国名气很大，或许不是因为他的名著《历史学的理论和实际》，而是缘于他的那句"一切（真）历史都是当代史"（1917）的名言。细究克罗齐的这句话，包含两层意思，一是历史与现实之间一定存有可辨读的，有意义的勾连和逻辑，具体地讲就是为现代生活提供历史烛照（历史合理性或者做历史注解）。当代史按照克罗齐自己的释义："通常是指被视为最近过去的一段时间的历史，不论它是过去五十年的、十年的、一年的、一月的、一日的，还是过去一小时或一分钟的。但是，如果我们严密地思考和精确地叙述，则'当代'一词只能指那种紧跟着某一正在被做出的活动而出现的、作为对那一活动的意识的历史。"朱光潜先生1947年在《克罗齐的历史学》一文中指出："没有一个过去史真正是历史，如果它不引起现时的思索，打动现时的兴趣，和现时的心灵生活打成一片。过去史在我的现时思想活动中才能复苏，才获得它的历史性。所以一切历史都必是现时史……着重历史的现时性，其实就是着重历史与生活的连贯。"二是唯当代史为大，也就是说历史学家应该走进当下，用那套考辨、哲思、精神交感或肉搏的史学绝招叩击现实生活。不过，当代史研究的贫困大概不曾因克罗齐的呼吁而有所改观，一则学科划界将鲜活的当代生活的记录与反思的任务归于新闻与社会学名下，属于人家的饭碗（边界问题完全可以通过研究视角与焦距的调整来解决，突出思想史的气质与境界）；二来思想家（好的史学家大多是思想家）有远离第一现场的癖好，狼烟散尽之后才拍案而起（担心陷于现场迷失，或埋没了史料甄别的功夫）。克罗齐生性倔强，一心要破除"历史学只顾前朝是非、兴亡"的魔咒，凸显强烈的当下关怀，建构"大写的当代史"。其实，医学的当代史建构何尝不是一个极具诱惑的领域。通过大写的医学当代史，不仅可以激荡思想，挥洒智慧，冲刷板结，活跃学术，同时也能一改当下医学史研究的沉寂与边缘化局面。

医学的当代史新视野与新视角的确立，不是历史的预设，需要穿行于技术的密林去捕捉当代医学思想史的母题。每个时代都有属于自己的焦点话题，20世纪中叶开始，随着分子生物学与生物控制技术的长足进步，生命奥秘的逐渐破解（DNA双螺旋结构发现为标志），现代物理技术（声光电磁）、信息技术的神奇进步，并大举向医学领域移植，对于生命、疾病的识别、模拟与替代的不断强化，人类已经站到了自身存在方式即将发生转变的时代悬崖前（并非只是医学问题）。人不再是上帝按照自己样子制造的社会性动物（圣经），或者是由猿猴进化而来的理性动物（达尔文的进化学说），而是不断谋求自我解放、自我驾驭，主宰世界同时也主宰自身命运（包括生老病死）的万物之灵；现代技术带来生命存在与繁殖方式的巨大变化。一道新的母题凸现了：那就是——我们应该如何认识、理解、面对"技术时代的生命图景"。这个图景目前已经初具端倪，一是仿真水平的机器化、智能化的器官或全人（机器人方案）；二是听命于人工操纵的器官与全人复制（克隆人方案）。方案虽然有二，但共同特点都是人工替代自然，技术主导流程。

人体影像技术是20世纪医学最值得炫耀的技术奇迹，它的发现与发明历程（属于"机器人方案"的分支）是一个当代思想史建构的最佳案例。因此，本文以此专题为例，展示当代医学思想史建构的路径。毫无疑问，当代医学思想史是编年史与批评（精神拷打）史的纠结。由于研究者身处历史现场，因此，编年史的编织相对轻松。

现代影像技术的演进线索与认知原理，不外乎观察（不断追求精细，超限）与记录（满足有效信息采集、共享、远程传送的要求）两大诉求。医学观察始于肉眼，继而让渡于仪器辨识为主，仪器发展的径向经历了从静态到动态，从粗分辨到精细分辨，从体表影像到内脏影像，探查局部（头部）到覆盖全身，从大体（同比例）影像（人工造影/增盈影像，器官、组织轮廓影像到组织结构影像，再递进到动态功能影像），及显微（任意倍数放大）

影像、层析影像，从普通光学成像到 X 光影像，从单一透视到发射—反射—接收成像，物理学径向由光学拓展到磁学（核磁共振成像）、声学（超声成影），放射性同位素标记的器官自主发射—接收成像，记录技术经历了从照相、摄像到造（成）像，从光学照相机（单色到彩色）到数码照相机、摄像机，电子屏幕显示，数字储存的历程。

现代影像医学的诞生日是 1895 年 12 月 22 日，标志为伦琴夫人的 X 光手形照片（X 射线发现的时间为 1895 年 11 月 8 日）。随后的 30 年里，X 射线开始用于骨折、骨科疾病、外来异物的诊断和检测。随后用于肺结核的早期诊断。坎农发现用铋或钡配合 X 射线可以清楚地观察到动物的食道，推广到消化道检查。第一台 X 光仪器因为光源微弱，得到一张 X 光照片需要 30 分钟。"一战"时期，设备得到改进（增加了功率，改进了防护），广泛用于战地枪伤的诊察。1914 年，科尔（Cole）将 X 射线技术用于诊断胆道疾病；1910 至 1923 年，经过布拉斯、汤普森、兰特里（完善了造影技术）的努力，使得 X 射线技术用于诊断泌尿系统疾病、支气管扩张和椎管造影；1918 年，丹迪将脑室（充气）照相术用于脑病诊断；1921 年，霍伊泽尔将 X 射线技术用于诊断女性生殖系统疾病（肿瘤、输卵管闭锁等）；1929 年，莫尼茨用于颈动脉造影、脑内肿瘤定位。另一个方向是将 X 射线用于治疗皮肤疾病、肿瘤。

现代影像技术的突进在"二战"之后，CT（CAT）的创生日为 1971 年 10 月 1 日，科艺百代（EMI）公司借助于计算机辅助图像重建与虚拟成像技术［主持该设计的工程师为豪斯菲尔德（Godefrey N. Hounsfield），后荣获 1979 年度诺贝尔生理学或医学奖］的 CAT 样机为一位怀疑有脑瘤的女患者进行了脑断层摄影（整个过程进行了15 个小时），获得确诊，1972 年 CAT 投入商业推广。MRI（NMR）登场于 1977 年夏天，美国医生达麦丁（Raymond Damadian）召开一场记者招待会，宣布并展示了一台全身 NMR 造影机器，命名为铁将军（Indomitable）。神奇的是，MRI 的创生过程中四次摘取了诺贝尔奖。1924 年，泡利提出假说：原子核中的质子或中子在某种情况下会以角动量运动，即所谓自旋，因此变得具有磁性，由此获得 1945 年度诺贝尔物理学奖；1937 年，拉比计算出磁动量，获 1944 年度诺贝尔物理学奖；1946 年，潘塞尔与布罗奇分别宣布发现核磁共振方法，用于测量原子核磁场，获得 1952 年度诺贝尔物理学奖；2003 年，劳特布（发现磁场梯度可以产生二维图像）与曼斯菲尔德（建立了磁场梯度的信号分析与图像转换方法）因这些磁共振成像技术领域里的突破性成果获得诺贝尔生理学或医学奖。正子放射电脑断层扫描摄影（PET）与超声成像技术都是军转民的典型。"二战"结束，雷达与声呐技术、核技术向民用项目转移，核反应堆向民用机构开放。1946 年 6 月 14 日，美国原子能委员会在《科学》杂志上宣布，开放放射性同位素作研究用，8 月 2 日，各地的医院得到原子能委员会的使用许可，开启了战后和平利用核能，将放射性同位素用于医疗服务的序幕。1964 年，波特高森在圣路易斯建造了第一台医院用的回旋加速器，1968 年，库尔（David Kuhl）设计的第一台单光子反射断层摄影（SPECT）仪出现，它可以追踪脑部的血流变化，绘制脑功能图。1972 年，建造了第一台笨拙的 PET 造影仪，1979 年，随着放射性药剂 FDG（去氧葡萄糖）的研制成功，PET 才开始广泛用于临床研究。超声诊断仪器的发明始于上世纪 40 年代末，美国海军研究所军医卢维格运用 A 型超声技术诊断胆结石，科罗拉多州的豪瑞医生研制了第一台 B 型超声仪，1953 年，瑞典医生艾德勒与物理学家合作，运用 M 型超声获得心脏构造的即时影像。

在思想史的建构中，与编年史伴行的是批评史，一手举着技术的"金刚钻"，迎接鲜花与掌声，一手举着哲学的"榔头"，敲打人体影像技术的思想史现场、证据、主体。不容置疑，肉眼借力机器眼、电子眼（功能等价思维）增强了生理、病理识别能力，人脑借力电脑改进了数据分析速度和精度，其原理都是功能等价，通过把器官还原成为功能，寻求相同的功能实现方式，改进这种实现方式使之更强，最终走向替代。因为机器在某些方面所具有的能力已经远远超过人的自然能力。这个过程中，如果不能协调好人—机关系，机器便成为一个源自人类却又异化于人的力量。

哲学提问不仅质疑其准确性，像与相（图像与真相，真相与真理）之间存在着差异，人的感官必然要经受偶然性的捉弄，病理标准与共识存在非确定性和流动性，更重要的是质疑其正当性，观像（现场）与读像（非现场）的分离，带来图像解释学（主观与客观，个体经验与群体共识、临床证据的综合联系）语境中的绝对证据与相对证据、一般证据与关键证据、完全证据与部分（适度）证据、真实证据与伪证据的漂移。使得影像之误超越经验之误（常常失之于多，过度图像化造成的眼花缭乱，或失之于系统误差，机器也会"说谎"），从而步入理性缺陷的领域。实体与影像的关系探讨自古就是一个哲学命题，"柏拉图囚徒"的隐喻揭示了人类身处"永恒谬像"（另一个隐喻是"罗生门"）之中，真相总是被歪曲、被误读，我们永远都无法接近真相。当代思想家苏珊·桑塔格告诫我们身体的无限丰富性与影像的单一性之间的矛盾永远也无法调和，影像没有体温，痛苦无法显影，无情、冷酷、麻木的影像不是这个世界的真相。

不同于编年史，思想史试图要证明认识论无法取代价值观。身体技术与机器（工具）技术的关系，当下还只是部分替代和功能协同，似乎还处在"蜜月"之中，但是，价值博弈已经开始，计算机断层扫描的缩写从 CAT 到 CT（中间删除了 Assistant），表明机器不甘于"辅助"地位，而核磁共振成像（NMR）到磁共振成像 MRI（前面去掉 Nuclear，后面加上 Imaging），旨在淡化、消除"核"的世俗误解，修饰可能被诟病的社会形象。

另一种批评来自技术哲学营垒，他们面对影像技术的普遍乐观情绪表现出警觉，他们不断揭示出技术异化、迷失的悲观图景。其实，技术异化无需证明，当代医学思想史要揭示的是影像技术的异化途径——看：谁的眼睛？——影像（技术）眼的迷信已经造成对临床（医师）眼的遮蔽。这是一种主体迷失，机器眼的强势自然带来人眼的弱化。现代影像技术规定着疾病真伪识别的方向、路径、模式，使之完全受制于技术的意志，人们必须这样（依从影像技术思维和路径）看病，医生必须这样处置病人。这种限定也可视为"强求"，医疗的功能、价值被技术意志所控制，将医生病人推到一个技术设定的"滑雪场"，除了往下滑，别无选择。

在已有的技术理论中，一种是工具论，一种是实体论。安德鲁·芬伯格开辟了第三条道路——技术批判理论。在现实生活中，大多数人坚持工具论，它建立在常识的基础上，认为技术是服务于使用者目的的工具，技术被认为是中性的，没有自身的价值内容，也不存在异化的危险，或者异化与技术本身无关。相反，实体论认为技术是一种文化体系或者是一种意识形态，它的特点是把整个社会和自然作为控制的对象，并且这种技术体系具有扩张性的活力，不断侵蚀着非技术的领域，由技术造成的世界的工具化（异化）是一种宿命，对此，除了退却没有出路。实体论对技术持悲观主义态度，想从总体上摆脱技术，但在当今技术泛滥的现实世界中看不到希望。芬伯格的技术批判理论（又称为技术的社会建构理论）对技术的态度是积极（批判而不悲观）的，希望通过某种聚合来实现工具效率和社会效益的平衡，在驾驭与被驾驭、工具与被工具之间把握主导权。他特别主张时间维度上变换一个角度，从对技术应用的后果的关注转移到对技术设计的分析上，把技术还原成为某种在社会中建构起来的事物，通过民主方式平衡、缓和利益冲突来解决，他相信技术异化问题可以实现社会化的解决。

美国学者唐·伊德的姿态也是建设性的，他认为自然科学都热衷于视觉主义。这是现代科学文化的特征。医学成像技术展示出来的结果，不管是类似于人类的经验，还是将人类不能经验到的东西转化和转译成视觉图像，它们都是可视的。"可视化"逐渐成为大部分科学中讨论图像的对应术语。为了科学的目的，所有的感觉器官都被还原和转译成视觉形式，这种视觉主义有时被称为"还原的"和以视觉为中心的，并认为这是一种"偏见"。唐·伊德在他的著作中揭示了科学视觉主义的特征及其对于现代社会、后现代社会的巨大影响，作为一种偏向（把人类不可视的事物转化为人类可视图像的视觉主义偏向）实际上在扭曲着人类对于事物真实状况的认识。

在众多思想家的批评中，芒德福的忠告最为恳切，在他看来，计算机控制的诊疗自动化所带来的最严重威胁还不是在诊疗过程中挤走了人，而是它替代了人的心灵，并破坏了人类对自己做出独立判断能力的信心，即任何判断都不敢与这个系统相左，也不敢超越这个系统之外。因此，我们"使用机器以扩展人类的能力和使用机器来收缩、取消或代替人类的功能，其间有着很大的差异，在第一种情形中，人们能够行使本身的权威，而在第二种情形中，机器接管了控制权，人类成为一个超级傀儡，所以，问题并不是毁灭一切机器，而是要重新恢复和认定人类的控制权"。

对于影像医学的未来图景，似乎没有系统的言说，技术突变论者预言会冒出超越当下技术路径的新型的造影仪器来，而技术渐进论者多从功能主义角度预测，未来趋势依然是机器眼（电子眼）大于（并取代）肉眼，电脑大于（并取代）人脑，不久将会诞生"观察—识别—分析"一体化、自动化、智能化、人格化的机器医生。智能化（甚至人格化）的机器医生大于（并取代）实体医生，无奈的结局为：作为人的医生眼睛率先"失业"（废弃），同时也交出了观察的权利，随后更多的器官失业，作为诊疗主体的地位（重要性）下降，最终使医生和医疗工作脱节，从而失去职业生活的意义，到那一天，医生既看不见病灶（无能力），也不愿看病人（无意义），新的职能只是操控或管理机器人医生（或者克隆人医生）。乐观的图景是创生一种混合器官，来解决诊疗过程中人（医生）的主体（主导）问题，这种新型生命体 Cyb-org（cybernetic + organism）的出现，按照技术进步的逻辑，既符合功能等价思维的逻辑演进，又能使人变得更强（在这里，有机体与机器间的区别消弭了，身体与非身体的差别消弭了），可能部分地克服影像机器对人的异化。

很显然，医学当代史的建构不是为现有的技术成果做注脚，而是"带剑论道"，为匍匐在技术功利面前的人们送去一份清凉剂。

福柯：医学思想史的示范课

关于医学思想史，我们常常会生出"顾名思义"的理解，"医学思想史"似乎就是医学"思想"的历史，然后将历史上一切关于医学的学术流脉、知识片段、观念意象乃至名医格言，一股脑儿纳入思想史的范畴，于是，医学思想史几乎成为一盆大杂烩，一条大麻袋，一切历史研究都归于思想史。其实，医学思想史是相对于学术史而言的研究路径，是医学的思想（观念）史，即以思想史的方法来研究医学的演进规律。用思想史的眼光审视媒介（精神）事件，是相对哲学化与社会化的历史把握。因此，并不是所有的历史都是思想史，所有的事件都是精神事件，也不是所有的历史学家都是思想史家。

福柯作为 20 世纪著名的思想家，同时也是一位不错的医学思想史家，他自 1955 年执教鞭开始，辉煌时执教巴黎大学（1968 年），随后还入选法兰西学院（1970 年）担任思想制度史教授，不过，很遗憾，他从来都没有为医学生讲授医学思想史的机会与经历，这位医生的儿子、精神病理学研究者［早年曾出版了《精神病与个性》

（1954 年），《精神病与心理学》（1962 年）]，只是默默地用他的著述为我们示范着医学思想史的"高难动作"，尽管在他看来，医学思想史的研究如同艺术体操，没有一定之规，但是，他的示范表演不仅十分精彩，而且具有相当的"经典性"。可惜，并非所有的医学史家都认同这一点，甚至一些医学史学者都没有读过福柯的书，说起来多少有些遗憾。

福柯教练的第一套"示范动作"由《癫狂与非理性》展开。这本书由他的博士论文修订而成，1961 年初版，再版时撤去原序改名为《精神病史：古典时代》，通行的节缩英译本为《癫狂与文明》（1965 年），该书内容实则与疾病史无涉（因此不是一本学术史著作，甚至他的观点引来某些科学史学者的愤怒讨伐和批评），只谈"癫狂与理性"的关系，如同巴特所指出的，"癫狂（对于福柯）并非一种疾病，而是因时而异的意义发现"，是一幅人类文明的沉浮图。在福柯那里，蒙昧的中世纪并不是疯人的黑暗期，当时，人们视疯人为特殊的获救者，具有常人不及的智慧和预言能力，因而得到礼遇。恰恰是近代启蒙主义的兴起，人们才开始排斥非理性，对疯人产生了恐惧和厌恶，并试图以控制瘟疫、麻风病的办法隔离、放逐他们。1657 年，法国国王下令开办"总医院"（如同德国的感化院与英国的济贫院），却不是以治疗为目的，而是要大规模清除并羁押癫狂人群，确立巨型的"监禁系统"（这个命题后来成书《监视与惩罚》，英译本名为《规训与惩罚》），法国大革命废除了这个总医院制度，一定程度上解放了罪犯和穷人，却依然用监狱束惩疯人。直到18世纪末，人们才斩断癫狂与贫困、犯罪、兽行等非理性危险的因果联系，疯人首次被视为心理（精神）疾病的患者，受到家庭式的呵护。弗洛伊德的心理分析学说开启了与疯人群体的对话机制，但是，"科学"对话中的武断裁决成为新的桎梏方式，犹如新一艘"愚人船"的起航。

福柯的另一套思想史示范动作见于《临床医学的诞生》（1963年初版，1972年修订再版）。本书的历史依托不像《癫狂与文明》那样壮阔，语言也更加晦涩，但它聚焦于疾病认识论的改造，更直击医学思想史的核心。为昭示其中的哲学思辨性，该书开篇就声明"这是一部关于空间、语言和死亡的著作，论述（反思）的是'目视'"。在福柯那里，"诞生"不是器物与制度的发端，而是一个典型的思想史提问形式，在书中，他完全跳脱出实证的历史考辨，径直奔向"空间与分类"、"看与知"、"可见的不可见物"等哲思场域。也许，我们的临床大夫不能充分进入福柯的哲学语境，接受他的表述方式，因为他的"诞生"是一个新旧临床思维模式的交接仪式，意在揭示一种新的疾病经验"转折"（位移），并且帮助人们历史地、批判地清理、理解旧日的经验，"既不能基于临床医师目前的意识，甚至还不能基于他们曾经的语码"。譬如，18世纪，医生们习惯于询问"怎么不舒服？"（体验叙述）而今都改口为"哪儿不舒服？"（区位询查）其背后是临床医学新的运作方式和语汇构造原理。医生面对患者的"所见（所触、所闻）、所思、所言、所为"，无时不在解构（切割）之中，又无时不在建构（拼接）之中，传统的价值导向是注重经验，主张朴实的观察，强调让事实鲜活地呈现给观察者，尽量不让话与语来干扰"科学的"（客观的）诊断和治疗。因此，新的"临床医学"不仅着眼于医学认识的深刻改造，而且还要创建一种新的关于疾病的话语系统。因此，福柯的思想史开掘不仅是哲学的，还是语言（社会心理分析）的。

诚然，福柯的医学思想史示范课在当下没有赢来多少圈内的掌声，好在他的著作还在广为流传，寄希望于新一代的医学史家，或者秉烛重温，或者拂袖而去。

莫诺的哲学"麻烦"

莫诺（Monod Jacpues Lucien）有着哲人的气质与深邃的眼神，他是法国生物化学家。1910 年 2 月 9 日生于巴黎，1976 年 5 月 31 日卒于戛纳。年轻时曾经办过乐队，甚至萌生过专心从事音乐的念头（一不小心有可能成为音乐大师）。1928 年入巴黎大学，还是选择了生物系，毕业后留任巴黎大学动物学助教（1934），从事原生动物的研究。1936 年获洛克菲勒基金会资助，赴美国加州理工学院进修，曾去摩尔根实验室研习细胞遗传学。1941 年莫诺在巴黎大学获博士学位仍留校工作。1945 年进入巴斯德研究所，1953 年任该所细胞生物化学部主任，1971 年出任该所所长。他还兼任法兰西学院教授，是美国艺术和科学学院外籍名誉院士（1960）、德国自然科学院外籍名誉院士（1965）、英国皇家学会外籍会员（1968）。不过，这段学术传记隐去了两个重要的史实，一是"二战"期间博士莫诺参加了地下抵抗组织，与另一位诺贝尔奖（文学奖）得主加缪是战友，为巴黎的解放做出过贡献，为此，他战后被授予铜星勋章；二是他曾经是一名法国共产党员，战后执意退党，声称要专心投入科学研究。

莫诺在学术上的主要贡献是发现和阐明了基因的表达和调控。1961年，他和F.雅各布共同发表了《蛋白质合成的遗传调节机制》一文，成为分子生物学发展史上的一个里程碑。1965年，莫诺与他的老师A.罗沃夫和同事雅各布由于发现细菌细胞内酶活性的遗传调节机制而共获当年的诺贝尔生理学或医学奖。正因为他们发现和阐明的调节基因、转录、操纵子、mRNA、调节蛋白等新概念，成为后来分子生物学发展的重要基石。

许多科学大师都有"哲学化"的归途，但是，有哲学专著的诺贝尔奖得主却寥若晨星。莫诺在获奖五年之后，出版了一本哲学小册子《偶然性和必然性》，该书由他1967年出任法兰西学院分子生物学教授时的就职演说和随后的一些演讲词扩充而成。1970年初版于巴黎，不久就有多种文字的译本，中译本于1977年由上海人民出版社出版（内部发行）。该书的核心观点是：生命起源和进化过程都是偶然性的结果。在莫诺看来："DNA是最根本的生物不变量。""即使离开了环境，一个来自生物体的DNA分子对其结构来说仍有一种'强制性的内在逻辑'，不管怎样总能推导出它所负载的信息。"生物是赋有目的或计划的客体，这种目的性寓于生物的结构中，通过生物的动作显示出来。生命的特点就在于"目的性"、"自主形态发生"和"繁殖的不变性"。"目的性"是指有机体的功能结构执行或实现某种具体计划，目的性行为的承担者是蛋白质。"繁殖的不变性"是指遗传信息的稳定性，它在从上一代传递到下一代的过程中保持不变，从而维持原来的有序结构。这种不变性只与核酸有关。"自主形态发生"包括个体分子的发生和宏观形态的发生，它们归根结底依赖于蛋白质的立体专一性的识别功能。蛋白质的"装配定律"是随机的，进化依赖于核酸分子的突变，本质上，"突变"无法预言，由突变造成的蛋白质功能效应纯属偶然。很显然，莫诺看到了偶然性在基因突变中占有重要地位，由此得出"偶然性支配整个有机界"的结论。这一观点引起学术界的质疑，认为他误读误解了现代生物学的事实和材料。

莫诺在书中对马克思主义哲学颇多"偏激"的批判。他声称马克思的学说把人们引向了"万物有灵论"，辩证规律是"炮制"出来的，他提出要用"知识伦理学"取代辩证唯物主义。结合他早年的"政治表现"（加入法共然后退党），中译本（供批判用）出版后遭到国内生物学界"重炮"讨伐，《遗传学报》连载长篇批评文章，可惜，此时他已作古，无法作自我辩护了。或许，如果没有那一本麻烦的哲学书，他的身后要"安静"许多。不会被人冠以"伟大的科学家，渺小的哲学家"称号了。不过，在他的祖国，人们仍然很崇敬他，在他逝世十周年之际，法国还专门为他发行了一枚纪念封。

健康是一头大象

如果将健康也比喻成一头大象，我们都是寓言里那些蒙上眼睛摸象的旅人，那么，米尔德丽德·布拉克斯特（Mildred Blaxter）与他的这本《健康是什么？》的内容也只是摸到了大象的"一条腿"，不过是我们平日里不曾摸过的那条腿，因此，我们在译完全书后忍不住要在书名后加上"超越躯体，超越生物学"的阅读引领，以帮助读者诸君更好地把握本书的特色。因为，从躯体、生物学径向探讨健康的文献汗牛充栋，而且学术门槛越来越高，不曾在医学院里泡上十年八载，实在难入门扉，一大堆的术语、缩略语就可将一般读者推拒千里，相形之下，这本《健康是什么？》的阅读面就宽广得多，不必旁边备上一册《医学辞典》，抑或《医学缩略语手册》之类。当然，这本书也不是写给街巷里弄中那些渴望习得某些保健绝招与验方的大伯、大妈们读的，而是一本基于"公众理解健康（疾苦）"、"公众理解医学（医生、医院）"诉求的通识读物，它讲述的道理有助于人们建立健康、疾病、医学、生命认知的大视野、大关怀、大彻悟。对于冲刷重知识宣导、轻智慧启迪，重学术堆砌、轻思想烛照的时代学风也颇具激浊扬清之意。

作者米尔德丽德·布拉克斯特是英国布里斯托大学社会医学系的资深教授，在国人心中，唯有牛津、剑桥才是英国大学的翘楚，其实，布里斯托大学也很牛气，不仅历史悠久（创建于 1876 年，1909 年得到皇家授权），在《泰晤士报》的 2011 年度最新大学排名中仅次于显赫的牛津、剑桥与伦敦帝国理工大学、伦敦经济学院，位居第五，医学院是该校的骄傲，久负盛名。不过，布拉克斯特开设的"健康导论"课程却是在东安吉利亚大学首开的，缘于那里的医学院创院院长塞姆·林思特（Sam Leinster）更有眼光。但真正构成国际影响的是位于剑桥的珀力特出版公司将其讲稿收入"学术母题"（Key Concepts）系列，2004年初版，2010 年修订再版。译者就是在一次书展上偶遇此书而萌生译介之意的，这本书能跟中国普通读者见面，一半是学理召唤，一半是机缘巧合。

这本书对于中国医学界、知识界的意义在于跳脱出"不求甚解"的魔咒，凡事须寻根究底，打破砂锅问到底。在中国，健康还真是一只外表光嫩、内里长絮的"空心大萝卜"，在全民惜生保健的氛围里，人人都渴求健康（只求术，勿求道），但没有几个人能明白"健康究竟是什么"，即使是医学专家也只具备躯体、生物学向度、学术深井里的健康知识、技术，而不曾理解和领悟健康的慧根，甚至没有兴趣去叩问健康、疾病、疾苦、疾患的语词意义。其实，在中文语义里，健与康应该分开来解读，它体现了中国文化的二元共轭与两极互动，健—康活脱就是一幅自洽的太极图，在这里，健是张扬，是亢奋，是铁血跋扈，熟语有"健步如飞"、"天行健，君子以自强不息"强调有为进取，康则是"亢龙有悔"之后的觉悟，因此，康是温宁，是收敛，是从容豁达，强调无为而治，举重若轻，熟语中的"康哉之歌"就是"太平之歌"。如同陶渊明笔下的言志诗，一端是"猛志固常在"，一端是"悠然见南山"。

毫无疑问，超越躯体，超越生物学（进入心灵、历史、哲学、社会学视域），是一种健康认知上的突围，叫精神暴动也未尝不可。应该说是世界卫生组织（WHO）打响了第一枪，早在1946年，世界卫生组织就重新定义了健康的内涵，从躯体无疾延展到心理平衡、社会适应方面。30年后，恩格尔根据这一卓识将生物医学模式也扩充到"生物—心理—社会"的大视野之中。但是，这样的"林子响箭"并未惊醒梦游的"憨熊"，他们依然执著地朝着单向度的生物学路径高歌猛进，如今已经攀上技术主义、消费主义的悬崖峭壁，那里有三个坠落口，分别是健康的人工化，生命的技术化，医学的生活化，人们正毫无选择地飞身下滑，眼前是什么，脚下是什么，未来又将是什么，大家都陷入茫然，进步主义、技术乐观主义并未提出令人信服的证据，君不见，政治家正在为日益入不敷出的健保费用而一筹莫展，环保主义者正在为青山绿水的失去而泣声悲切，卫生监管官员正在为不断涌现的添加剂、食品污染事件而身心憔悴，百姓正在为高吊起来的健康欲望未能满足而愤愤不平，为未能获取优质的健保资源而迁怒于医院和医生……难道健康是一个纵欲的黑洞？国民健康的欲求究竟需要多少技术可以抵达，需要多少钱可以买到？实在是一道无解的悬题。

作者告诉我们，健康是人类建构的概念与意识（动物界并没有），一开始就预设了理想的健康与健康的理想，希望与奢望的悖论，帝王时期的祝词是"万寿无疆"，或许只包含长生、永生的诉求，并无健康的内涵，而今祝福语的内容已扩大为健康，长生，不许生病。"健康"就像发酵的面团一样昨是今非了。

常言道"人食五谷杂粮，焉能无病"，言下之意，健康总是相对的，人总是会生病的，生命中人与疾病存在必然关联，不过，并不是每一个人在同一时期都会生病，这就是怎样生病的偶然性。现实中有人禀赋好，一生极少生病；有人运气佳，常常能躲过病魔侵袭；有人常年在医院泡着却无大病；也有人从不上医院却猝然而殁。所以，不许生病是心愿、祈求，是生命的张望和希望，不是真实的境遇。这里也包含人们对于健康责任与生命的承诺，疾苦的理解、领悟，世上绝无理想的健康，真实的健康即对现实的妥协。终其一生完全不生病，并无疾而终，那是神仙；容忍自己少生病，生小病，也算福大命大，亦为仁者；容忍自己生可救、可逆的病，药（术）到病除，多是勇者；能直面疾病（带病延年），超越痛苦，坚守尊严，则是智者。

永远健康、不许生病！还要看谁在说，对谁说？若是上帝对信众说，那是好运（福音）降临；若是政府对国民说，则是一份卫生、保健福利的承诺，政策宣示，医改纲领，人们因此可以乐观医改的成功，再也没有看病难、看病贵的烦恼；若是企业高管对员工说，无疑是从天而降的企业福利的大礼包；若是家长对家人说，这里包含着亲情和爱愿的呵护；若是医生对病人说，则表明医生有了一份自觉，保健服务重于医疗服务，但求世间人无病，哪怕架上药生尘；若是自己对自己说，则表明其人健康意识强烈，行为高度自律、生命管理充满智慧与艺术。不过，人人都说神仙好（不生病，不衰老，不死亡），唯有声色犬马忘不了，若是心中的欲火过盛，强人、超人意识亢奋，放任财富的优越，去结交世间豪杰，尝遍天下美食，阅尽人间春色……到头来却是一团迷雾，陷入健康、长寿的海市蜃楼：幻想自己不生病，少生病，生小病，生药到病除（术到病除）的病。却是一病即恐，一病即溃。

更要紧的还是健康与否由不得你主观体验，要由客观指标来判定，尽职的体检大夫会嘱咐你闭上嘴，少说话，任凭声光电磁手段齐上阵，数百项指标"围剿"之下，结果是"屈打成病"，世上将不会有一个健康人。"我不相信你没病"只是谜面，谜底是"我不相信你不是我的病人"。技术崇拜、消费炫耀培育了人们对机器、对干预的过度敏感，过度依赖。随后大戏一定是吊瓶满天飞，抗生素满天飞，支架满天飞，钉子满天飞，糟蹋钱委实是小事，身体的危害（潜在危害）才是大事。

真是越说越糊涂，健康传播陷入"现代魔咒"，原本以为百姓知识不足，陷入愚昧，殊不知，对于许多人来说，知识越多，误解越多（陷入过度想象与过度承诺而不拔），症结何在，在观念迷失，错把奢望当希望，对健康过度想象，对医学过度期许，多了"健"的亢奋，少了"康"的温宁。大家真应该仔细读读这本小册子。

（《健康是什么？》，米尔德丽德·布拉克斯特著，王一方、徐凌云译，当代中国出版社 2012 年版）

为什么要信任"大白"？

　　大白是谁，它的学名叫 Baymax，是一个充气机器人，是热门的迪士尼动画电影《超能陆战队》中的"私人保健医生"。在中国院线上映前，这个萌呆的白胖子已经在北美和日韩出尽风头，但许多人并不知晓，电影源自同名漫画，但改动很大，漫画《超能陆战队》出版于 1998 年，是两名作者（史蒂文·西格尔和邓肯·儒勒）共同创作的，篇幅不大，只有 10 期，在漫画界颇为寂寞。原著中大白是一只大怪兽！剧组花了三年多的时间，把大怪兽改造为一个可爱的白胖墩，成为无所不能的医疗护理专家，名为"大白"，有真相大白的寓意。据说主创的灵感来自卡内基·梅隆大学里一个正在研制的机器人充气手臂，这个机器人手臂未来会被用在医疗场景，治愈患者的各种伤痛。因此，屏幕中的大白拥有无比强大的诊断能力。他只要一次简单快速的扫描就能检测出他人的生命指数，他还能根据混沌的疼痛程度来精准治疗疾病。他的"胸口"装有表情诊断等级，他的双手可作为除颤器（赛博器官），身上装载了超过一万个医疗程序（真相大白，包治百病的技术基础），只要你表现出任何不适，就能得到细致周到的诊断和护理。大白不仅能治病保健，还拥有令所有病人都乐于倾听的十分迷人的嗓音，以及一颗善良纯粹的心，他对患者满怀关切，常常将患者拥入鼓鼓囊囊的肚子里，给予温暖舒适的抚慰。如果你是他的病人，大白会对你说"乖，一切都会好起来的呀"（寄寓了人类对于贴心医疗的期许），言下之意，有我在，一定生机无限（绝不可能危机重重），而且一直悉心陪伴与照顾，直到痊愈。

迪士尼的编导们不想重复长久以来"技术与人工智能每每引发灾难"的情节旧套，刻意要纠正西方公众印象中"技术总是敌人"的异化思维与恐惧心理（中国观众受技术至善论的影响很深，这一认知并不强烈），着眼于缓解技术与人性的紧张关系。在许多科幻影片（如《侏罗纪公园》等）中，高新技术总是被科学怪人或社会恶势力（弗兰肯斯坦、勾勒姆式的狂人科学家）掌控，给人类带来巨大的危险性与破坏性，这一次他们要反弹琵琶，反面敷粉，塑造一个爱心满满的科技产物，以阐明技术的中立性。因此，大白颠覆了以前机器人的负面形象，如同可爱的邻家小弟，寄寓了人文化的机器人高效服务的梦想。其一，大白面相一点都不狰狞，且十分呆萌，看着就想抱抱、亲亲，他的形体就像是米其林先生以及大号泰迪熊的综合体，影片中，弗雷德甚至将他比喻成一团"暖暖的棉花糖"。其二，大白虽有超人的诊疗本领，但并不显摆，其行动不显敏捷，憨态的身体搭配一双小短腿，从容淡定。其三，大白谨守阿西莫夫的"机器人三原则"，时时处处造福人类，呵护健康，还从不给人类添麻烦，放气之后，他可以被压缩进一个工具箱大小的"压缩包"中，方便主人携带。身为机器人的大白没有疼痛感觉（这一点很可疑，自己没有痛苦的感受如何能够感同身受，体悟病人的苦痛），修复时只需要透明胶带就够了。其四，大白对自然界所有的生物都有爱心（也很可疑，没心没肺，哪有爱心？），他呵护一切生命，就连卡斯阿姨家的花猫也不例外。其五，大白不是全知全能，不可一世，他也有自己的缺点，电量不足时会呈现"醉"态，形体变瘪，就像喝醉了一样，走路摇摇摆摆、说话断断续续，实则是制造一种装酷、扮萌的情景。

影片展现的是一幅未来世界医疗—保健一体化，技术人性化，机器人文化的新桃花源图景。我们仍不敢由此预测疾病很快真相"大白"（克服疾病的不确定性），医学将来可以百病"包治"（克服生死无常与人的必死性），机器人与人类关系会呈现"零冲突"（完全否定机器替代对人类心灵与技能的遮蔽与伤害），那些都是我们当下不敢奢求的图景，会随着技术的进步而降临吗？我们对这些乐观得可怕的未来应该深信不疑吗？结论其实是忐忑的。

毫无疑问，声光电磁等物理学新进展被引入医学诊疗领域不过百年，人类在认识疾病、驾驭疾病方面有了突破性进展，计算机断层 X 光摄影，磁共振成像，各种超声，钼靶几近普及。如今，90% 的疾病证据来自这些视觉信息，但我们还不能声称人类疾病的图景已经"真相大白"，更不能讲疾病演进的规律（秘密）已经被人类破译。疾病的真相基本上还只是从"小白"趋于"中白"，离"大白"还有不少距离。对此，今天，乃至未来一段时间我们都不能抱幻想，因为绝对真相是不存在的，真相本质上是混沌的、漂浮的，生命本质上存在不确定性，奥斯勒命题（医学是不确定的科学与可能性的艺术）至今具有启迪性。古希腊先贤以"芝诺悖论"（飞行的箭镞永远射不到前方的鸽子）来揭示真相与真理的相对性，中国先贤以"膏肓"（膏之上，肓之下）来隐喻疾病的无限丰富性，人类医学永远无法包治百病，所谓"道高一尺，魔高一丈"。人们必须接纳痛苦（死亡），穿越其后超越痛苦（死亡）。很显然，对科技持乐观主义态度的编导们要模糊并消弭人类医疗能力的边界意识，刻意把球打到界外去。如同阿基米德的豪言："给我一个支点，我能撬动地球。"上帝恰恰不会给他在地球之外安排一个"支点"。因此，对于阿基米德期许中撬动地球的壮举，只能一笑了之。

机器人的研制与发达改变了人与机器之间的单向操作、驾驭关系，以科幻创作闻名于世的阿西莫夫对于机器人的"僭越性"十分担忧，尤其是人工智能（计算机器的附着）化的机器人，他们是否还会臣服于人类，始终放不下悬在嗓子眼里的那颗心。这位有着思想家气质的作家一开始就把机器人命名为"罗伯特"（奴隶），其后，他为罗伯特套上三条绳索（机器人三定律，一是绝对不可伤害人类，二是不能眼见人类遭受伤害而坐视不理，三是在这两个前提下尽可能地保护自己）。关于罗伯特"造反"的传闻不绝于耳，电影《我，罗伯特》就展现了这样的情景，机器人孽种背弃了三定律，成为人类的威胁者，电影《完美情人》中机器人保姆在女主人高度信任的发昏时刻诱骗她毁掉了操纵密码，结果陷入机器人"爱"的禁闭之下。最后凭着人类的智慧逃出幽闭。在医学领域，人类的动手与思辨能力已经不及机器人，如今的智能手术机器人有着非凡的能力，他们的手术与麻醉无缝协同，创面小，出血少，动作精准，几乎无懈可击。

美国医生葛文德（此人是奥巴马政府的医改顾问）在他的《复杂性》一书中讨论了"人机博弈"的困境及苦恼，他介绍了一个典型的案例，在瑞典兰德医学院，负责心电监护的资深专家沃林发愿要与机器人医生一试高下，他们分别对 2240 份心电图（其中一半有临床问题）进行限时分析，结果机器人识别出 738 份，而沃林只识别出 620 份，机器人医生的阳性识别率高出 20%。沃林甘拜下风。其实，在所有的竞赛中，人类败多胜少，最多能打个平手，葛文德思考，在未来人类与机器人共生的时代里，是水火不容，还是相辅相成，这是一个问题。机器人医生的能力超出我们并不可怕，我们可以给他们"派班"，安排他们给我们做助手，去干一些精细、枯燥、重复、疲劳时容易出错的工作，把人从繁忙的临床实务中解放出来，去做临床决策统筹，去做人文关怀，如同特鲁多期许的那样："常常，去疏导（心理危机），总是，去抚慰（受伤的灵魂）。"问题是机器人医生不甘于做配角，要当主角，要挤走人类，而被机器人医生替代的部分能力从我们手中消失，离开机器人医生，我们无法看病。大白的全知（1万种诊疗程序，而人类只有4000种手术技能，6000种药物），全能（预防、治疗、照顾、陪伴），百病包医已经为我们的失能与失业前景拉响了警报。理论上讲，机器人是人类的创造物，人类智慧总是会高于、先于机器人，而且，人类的神圣感、道德感、位序感会对机器人的功能边界做出限制和控制，也就是说，人类有一条缰绳管束着可能会僭越的机器人。但是，人类之上，是否还有一只手在安排这一切，未有可知，最可怕的是自私与贪婪、偏见与傲慢会使人类昏聩，譬如，《超能陆战队》原著中大白的主人就将不能伤害人类的红线改为可以伤害他的仇人，事实上也就拆除了机器人不得伤害人类的禁令，为机器人参与人类恩怨情仇埋下伏笔。因此，作为万物之灵的人类，在处理人与自然、人与机器之间的关系时，不可任性，也不要轻信，无论是大白，还是小白。

诊疗中的"你—我—他"

　　诊疗活动中，有一个隐匿的哲学命题，那就是："谁的疾病（痛苦）？"即："病人是谁？"

　　一般情况下，病人多是陌生人（哲学上的"他者"），由挂号就诊建立起诊疗的服务契约，这份契约里清晰的内容是购买服务，无论是诊断，还是治疗——给予药物疗法，或是手术干预。决策的是认知、技能、风险、支付，不会有太多情感因素的掺入（非情感化、对象化、客观化）。尽管我们也强调"视病如亲"或"视病如友"，但毕竟不是事实上的亲人与朋友，"如"不是"真"，诊疗中只要临床认知路径正确，各项诊疗技能优化，系统风险可控，患方支付到位，决策大致就完成了，即使有人文情感的导入，也限于"恻隐"（对他人痛苦的"不忍"）、"慈悲"（人苦我悲的"移情"）层级，不会太多地彷徨、犹豫，更不会因情感的掂量去干扰诊疗的取—舍、进—退。

　　当至爱亲朋来到诊室，那个"谁"就发生了深刻的变化，他不再是陌生的"他呀"（对象化的客体），而是与自己情感息息相通的"你（您）呀"，此时的诊疗关系不再是商业契约所能承载的知识、技能服务关系，而是高度情感化、主体化的双重决策，技术决策思维的"高技术比低技术好，新技术比旧疗法好，贵药比廉药好"即刻发生了动摇，代之以"风险（副作用）尽可能小，代价（支付、耗时）尽可能小，诊疗感受（痛苦）尽可能舒适"的人文准则，原本用于他者的坚定、刚性诊疗方案变得柔软、踌躇起来，甚至瞻前顾后，犹豫不决。譬如，某个手术可以上，但术中风险较大；某个新药可以用，但肝肾损害不小，怎么办？下不了决心，特别是当自己是亲友手术的主刀医生或麻醉医生，"共情"之心就会让医者谨慎有余，果敢不足。这就是所谓的"医不疗亲"。

如果病人明确是自己，那个"谁"即刻成为"我呀"，诊疗决策里就横空冒出一个"意"来。在这里"意"有两重意思，一是"意象"（隐喻），二是"意志"。当医生脱掉白大褂，换上病号服，躺在病床上，成为真正的病人，此刻，疾病的意象与隐喻就会即刻丰富地呈现，它不是教科书上记载的症候特征、病因、病理，而是强烈的发病学追溯，譬如"这个病怎么可能被我染上呢？""这次染病是否源自职业伤害？"（"我近期接诊过类似的病人"、"我在诊疗操作中曾经刺破过手指"等等。）由此产生"倒霉"、"沮丧"、"怨愤"等负性情绪，如果疾病凶险，预后不佳，死亡意象也会浓烈地袭击我们的意志，虽说医生在知识、技能上比常人更多地了解生死，但面对死神来袭，不见得意志比常人更坚强，心态更豁达，更潇洒。由于是医者，诊疗过程中可能有更多的参与，更多的协商，然而在主客体融合与知—情—意的多元纠缠中，诊疗决策变得更加困难，或许知识、技能的正确还是决策的主要考量，但情感、意志的乖张，风险的评估，诊疗的进退、取舍就变得更加难缠，从某种意义上讲"医生是最糟糕的病人"，因为他们什么都懂，什么都计较，也可能什么都无所谓。任何诊疗措施都有两面性，都是双刃剑，趋利避害的原则对他者说起来轻巧，面对自己的利害就可能如履薄冰，战战兢兢。这就是"医不疗身"。

总之，从诊疗对象的"他者"到"你""我"的转换，不只是病人主体性的变迁，而是"技术医学"与"人文医学"的一次"交换场地"与"心灵对话"，希望我们通过这样的心志"蜕变"，更多地反思单纯技术思维的缺陷，将生命本色中的恻隐之心放大成为人性的悲悯、敬畏、恩宠与勇气。这样，我们就不再是技术娴熟的匠人，而是知识、情感、意志皆丰满的大写的人。

脱掉白大褂　换上病号服

　　坊间有关医患间恶争的传闻不绝于耳，社会仇医情绪不断燃起火苗，让人不安。在中国古代，良相、名医被珍视为社会道德的承重墙，如今，这两堵墙都倾塌了，不只关涉医患关系，还会波及整个社会道德底线的滑落，手电筒思维驱使人们都从身外找理由，而忽视自身德行的检讨与修补，即便有千般理由归罪于世风日下、人心不古、技术主义飙升、消费主义盛行，以及体制的不善，但医界的道德失血似乎难辞其咎。

　　当务之急还不是细辨何以道德失血，而是尽快找到失血点，强力"止血"，从职业价值与现实的落差来看，最大的失血点在于医者利他主义职业信仰的迷茫与素养的缺失。由于医患专业知识与技能的落差，诊疗活动中实行代理决策机制（完全不同于商业关系中的平等博弈），患者的诉求是痛苦体验，而不明白诊疗活动的设计与安排，医生既是诊疗服务（科目）的定义者，又是服务项目（药物、手术）的提供者，服务计价的受益者，服务品质（疗效）的评估者，诊疗预后的解释者（如病情恶化免责），有人将这种境遇形象地比喻为摇篮呵护图，此时，医生是父亲，护士是母亲，患者只是摇篮里的婴儿。代理决策机制要求医者必须保持对委托人（病人）利益的真诚与忠诚，必须建构利他主义的职业品质。所谓以病人为中心，就是以他者为中心，就是利他超然于利己之上，它是对自我中心论的否定，对家长制医患关系的深度调整，体现了对医生"代理决策"机制的伦理学约束，也体现了医生对人类苦难的悲悯与同情。然而，在市场经济格局下，个人主义、利己主义意识如洪水滔天，激流之中，医院与医者的利他主义价值根基动摇了，行为失范了，辩护失语了，道德失血便在所难免。对此，传统的止血钳有两把，一是道德箴言（希波克拉底誓言，大医真诚论）训诫，二是道德偶像（端坐云间，可敬不可亲，可敬不可学）引领，但这两把止血钳对于当下的困境似乎都不太灵光，无法实现道德止血。

有第三把止血钳吗？有！美国医学人类学家罗伯特·汉提出了"换衣服"穿越体验的方案。从白大褂到病号服（如同从警服到囚服，据称这番体验可以改善监狱的人道境遇），无疑，白大褂象征着权威、力量、洁净、坚毅，而病号服则象征着谦卑、脆弱、无助、恐惧、焦虑、沮丧、迷茫。换衣即跨越，一次身份、地位、心理、社会境遇、伦理角色的跨越。罗伯特·汉在他的《疾病与治疗》一书的第九章开掘出一个新的伦理空间，将道义伦理、责任伦理推衍到境遇伦理，展现了医生—病家两个世界之间的身心重叠——生病的医生（医生病人），如同"日全食"

景象，当医生成为病人，医患两个角色此刻便重合了，医生既是痛苦的体验者，又是疾病的观察者，既是蒙难者，又是拯救者。"一体"同情取代了"异体"同情（共情，移情）。此时，以病人为中心就是以自我为中心。利他就是利己，敬悉病人就是敬悉自己，伤害病人就是伤害自己。

罗伯特·汉提供的是医学人类学、叙事医学的双重视角，医学人类学视角里，医生通过生病，不仅躯体回到疾病现场，情感、灵魂也回到疾苦现场。而叙事医学训练将医生的疾苦体验，从默默的躯体忍受中析出，成为对疾苦、生死的知—情—意叙事与身—心—灵领悟、反思。无论是叫病人医生，还是医生病人，都试图揭示一种特定的伦理生活，即通过病患经历与体验获得道德升华，中国古代有"三折肱为良医"之说，柏拉图也认为只有生过重病的医生才能成为好医生。罗伯特·汉显然不是要诅咒医生，因为每个人都会生病，医生也是人，也难免生病，然而，医生有生病的经历与体验（普通疾病与恶疾存在巨大的差异），未必有穿越疾病体验的叙事、反思与领悟。即使没有个体恶疾的体验，也可通过文学叙事实现移情和共情的精神历程（常常因为不符合医学界的实证主义价值取向而被轻视）。因此，不是医生疾苦体验的隐匿性，而是医生疾病叙事文本的匮乏。医生亲历的疾病叙事的不足，对疾病文学叙事（虚构）的轻视，从而关闭了由叙事抵达疾苦共情、伦理反思、职业批评的通道。罗伯特·汉有意重启这一通道，在这里，罗伯特·汉揭示了疾苦的两分，即知识之途与体验之途的殊异。医生穿越疾苦的自我体验之途，更能理解医生诊疗主导权的强势与患者的无助，疾病中的抗争（悲壮）与放弃（无奈），医生通过对自我疾病的自诊与自治，体会诊疗技术的缺陷和代价。通过病中自我焦虑与恐惧的咀嚼，体察到医生安慰语言与技法（缺乏情感、意志）的苍白，而遭遇同行医生掩不住（难以否定）的职业冷漠与逃避，更渴望疾病中的恩宠与勇气。很有趣的是医生对于自我行为的自我评价，当疾病袭来时，医生也会软弱，也会崩溃，也会沮丧，可能是（成为）最差劲的病人。超越疾病的体验可以促使他们实现对疾病意义的超越，既有的技术主义、客观主义立场有所软化。

罗伯特·汉分析的医生病人有外科大夫麦克（Mack，患恶性肿瘤）、诺伦（Nolen，患心绞痛）、科恩（Cohn，患恶性肿瘤），儿科大夫穆兰（Mullan，患恶性肿瘤），内分泌医生拉宾（Rabin，患脊髓侧索硬化症），全科医生盖格（Geiger，病患不详），神经科医生萨克斯（Sacks，滑雪中发生严重创伤），急诊科医生弗里曼（Freeman，病患不详），医院院长、儿科兼病理科主任刘易斯·托马斯（Thomas，谈了自己三次患病经验，最后一次是癌症），研究主管斯特滕（Stetten，患黄斑变性，渐进性失明）。

其中穆兰的故事最真切，穆兰 32 岁，儿科大夫，三个月来，睡梦中时常会因一阵突如其来的疼痛痛醒，三周前患流感后一直在咳嗽。职业警觉让他请放射科大夫给其拍了一张胸片。自觉应该没有太大的问题，但片子上明显不大对劲，心脏的右侧有一块毛茸茸的阴影，有一粒葡萄那么大，形状像一朵朦胧的西蓝花。放射科大夫看完穆兰的胸片，一改往日的随和，变得警觉和严肃，癌症的阴影顿时笼罩在穆兰头上。蓦然间，穆兰从一个职业上非常自信，完全有能力驾驭疾病，自身健康无虞的医生，变成忧心忡忡的病人，任何医学训练和实践都无法帮助穆兰对突如其来的变化做好准备。盖格也有同感，他说，一两个小时前我还是健康状态，突然被推入疼痛、无能、恐惧的深渊，从医院员工变成住院者，从医生（精英，技术高超，充满权威）降格为病人（被病魔击垮，依赖技术与依附于他人，焦虑），真是五味杂陈。

很自然地求助于技术同行，但他们的反应完全不尽人意，盖格、穆兰、萨克斯都记述了同行对患重病医生的反应。当他们遭受病痛极度折磨时，许多同行走开了。随着病情的加重，同事们越来越不热心，有人假装视而不见，选择主动逃避。同行中的技术专家大多伴随着冷漠，只给一些技术方案，而不给生活的建议，甚至失语。萨克斯（运动骨折）在康复中心遇到一位热心交谈的大夫，当问及为何这般热心，回答是：这很简单呀，我自己也曾有过这样的经历。我有一条腿受过伤，我知道这是什么感觉。

他们也试图与医学生倾诉与交流，穆兰主动向医学生讲述了自己的经历，建议他们关注人文方面，认可医生与病人之间共有的疾苦体验和人性需要，他的听众对此并不热心。因为穆兰建议关注的内容与他们当下学习的内容和路径都格格不入。

事后，穆兰无限感慨地说：我对自我以及医学实践的看法都因这场疾病改变了，我明白自己已经具备了忍耐和豁达的品质，这些品质将帮助我度过日后的危机。疾病是一位明智的老师，他会让学生们因他的教诲而变得更加明智。

在这群医生病人中，刘易斯·托马斯的资历最深，体验最丰富，自传《最年轻的科学》记述了刘易斯·托马斯的病中感悟："在病床上，我更近距离地审视了医学和外科手术，甚至更近地审视了自我。生过病之后，我比以前更加了解医院、医学、护士和医生，我也更加相信技术的有用性，越高的技术越有用。在生病期间，我多次看到自己身体内部（通过肠镜观察自己肠道的变化）……但我还是仿佛处在一片黑暗中，我并没有觉得以一种新的方式与自身建立了联系，这种自我距离好像还增加了，我比以前更加分裂，对于构成我的那一个个结构，我更加没有发言权了。"一位自信满满的病理学家面对自己的病例变得如此敬畏、谦卑。

在中国，白大褂换成病号服的境遇，在2003年的SARS之际变得司空见惯。2003年3—5月的SARS流行期间，1/5的感染者是医生，全球首例SARS接诊医生叶均强后来就是SARS的感染者，他所在的呼吸科有8人同时感染SARS，3月2日至5月31日之间的90天里，仅北京地区确诊的医生病例数就达586人，疑似病例35人。4月29日为高发日，当日医生感染人数达到50人。这之前，医患的角色是两分的，一个是医疗服务者，一个是医疗服务的接受者。SARS事件使得医患角色融合了，医生变得既是观察者又是体验者；既是服务的提供者，又是享用者；既是医疗规律的认知者，又穿越疾病蒙难过程，获得情感、意志、道德的升华。从而获得双重体验，双重理解。许多医生，日常只有技术生活，而缺乏有内容的伦理生活，陷入道德麻木与迷失之中。SARS的医患共感体验的道德意义在于唤起医生内心深处的道德崇高与利他意识，对他者—自我一体痛苦的领悟、理解、实践，完成利他主义的道德内化。

如今，SARS的旋风已经过去，但SARS幸存者的境遇却十分沉痛。外科大夫岳春河是第一批感染SARS的医生，后来被救过来，但留下严重的后遗症。人常说，医院是哲学家的摇篮，岳大夫通过SARS苦难加深了人生价值的思考，如今，他已经不用拄拐行走了，他开始思考：未来的人生道路应该怎么走？他说：SARS就跟轨道道岔似的，一下把自己扳到另一条道上，它让我重新审视自己。得了SARS之后，我的后半生基本上可以自己去把握。他曾在日记里写道："苍天在人们前行的路上，用单向透明玻璃将幸福的人与苦难的人分隔开，痛苦的人虽步履艰难，但他们不仅能品尝人生的痛苦，也能看到快乐是什么样子，从某种意义上说，不幸的人，人生更加丰富。"有人问他觉得自己是英雄吗？他回答：不是，只是一名幸存者。在那场灾难中，他有9位同事殉职。

北京医科大学年轻的校友武震有着男孩子的名字，却是一位恬静的女生。2003 年 4 月，她还是一名怀揣玫瑰梦的准医生，在急诊科实习时感染了 SARS，半年后被查出"双股骨头无菌性坏死"（股骨头坏死、肺纤维化及精神抑郁症为三大后遗症）。治疗了几年后，左侧股骨头塌陷，后坚持做了植骨手术，但不幸失败。之后，她被迫放弃工作，治病成了生活的重心。她开始长期住在医院里，重复枯燥乏味的康复训练，残障的躯体使康复之旅异常艰辛，一个单程需要 4 个小时。尽管医院的环境那么熟悉，但病患的身份却太陌生，她很难接受这个现实。长年困在医院，让她觉得自己和社会完全脱节了，别人有的正常生活她都没有。她不能再去爬山跑步，甚至和男友一起逛街都得坐在轮椅上，这种落差带来的焦虑难以名状。

无疑，疾病体验对于医生心灵的洗涤来说，首先，疾苦体验与咀嚼的丰富细节，超越了教科书和执业经历中的感知，对疾病自我认知的突破。同时，疾病叙事揭示了生物医学视域之外的社会关系的震荡与破裂：如疾病角色的罪感萌生（连累他人与家人），家人、同事、朋友心态与姿态的改变（过度关注、零度诊疗、厌恶、躲避、虚伪、欺瞒）。对社会支撑（心理倾诉、灵魂安抚）的渴望，它开掘出疾病关注之外的生命（职业）信心、信念的崩解，对生命未来的失望与绝望。生命坦荡、豁达的稀缺，也凸显出更丰富的个体死亡想象：如死亡逼近的读秒感，死亡恐惧与重生渴求、现世眷恋。此外，医生的疾病经历撞击出医生对医学功能、技术价值、医生角色、医院服务内容

（手术、药物）的重新认识，疾苦与死亡的反思与忏悔。职业冷漠、技术傲慢、贪婪（滥用冗余技术）的批判。自我诊疗、评估，诊疗代价的掂量与认知。正是通过这种医—患角色的转换，医生世界（客体、观察的）与患者世界（主观、体验的）视域交融（fusion of horizon），医生对患者的疾痛、苦难从抽象同情（知情—移情，感同身受）到体验同情（共情，感即身受），导致道德感、使命感的升华，灵魂的向上与向善，替代由道德训导到伦理自觉的传统路径，完成从生命（痛苦）自觉到文化（道德）自觉的转化。此外，病人身份的终结与医生身份的复归过程，即二次社会化，一位新医生（曾经咀嚼、理解疾苦，抛弃了职业傲慢、冷漠、贪婪）由此诞生。

道德失血与止血是一个复杂的灵魂开阖过程，但愿罗伯特·汉的"第三把止血钳"能够触动医者敏感的灵魂，完成群体生命凝血机制的彻底修复。从白大褂到病号服，本质上是从观察视域到体验视域，从科学视域到人性视域，从疾病关注到生命关怀的升华。无疑，生命境遇（situation）决定职业生存意识（sense），但愿身着病号服的生命境遇能帮助迷途中的医者找到人性向上与向善的新路径。

（《疾病与治疗：人类学怎么看》，罗伯特·汉著，禾木译，东方出版中心2010年版）

第二辑

遥望生死

不 夜

　　键盘上敲出"不夜"，屏幕上跳出来的却是"不夜天"、"不夜城"。前者是极地景观，一种大自然的奇观；后者是现代化的缩影，一种人类活动的异数。农耕时代，"日出而作，日落而息"是身心张弛的常态，也是常识。是工业文明，尤其是电力的创造打破了传统的日夜作息分野，有了"夜以继日"的规模化、建制化、享乐化局面，才有了丰富多彩的夜工作、夜生活，通宵达旦成为许多人的新生活图景，夜班、夜宵、夜市，外加夜宴、歌舞夜场、红灯夜店，流淌着升腾与堕落的现代气息。从夜静、夜息到夜狂，再到夜乱，大概算是现代性的一大特征。波德莱尔对现代性的感性认知，不安，躁动，碎片化，多少有些自己巴黎夜生活迷醉归来的惆怅与彻悟。

　　不，包含着拒绝，也包含着反抗与超越，夜，蕴含着完成感，收敛与颓废。不夜，当然意味着拒绝完成，不肯收手，迈向新的亢奋。其实，生活中的不夜只是一个空壳，需要通宵达旦下的不困、不累、不疲、不衰的填充，才能书写出责任与担当的篇章，奏响起快活与狂欢的旋律，犹如多米诺骨牌效应，不夜催生出现代蛊惑的正剧与悲喜剧。而在大幕的背后，都有一个医药的幽灵在徘徊。很显然，药物学家不都是出于救死扶伤的诉求去探索新药的，因为有一类药品本不是用于治病的，而是用来助长不夜欲望的。

无师自通的宵夜灵物首选烟草，其次还有槟榔、咖啡，它们相对无害，但近来有诸多槟榔导致口腔癌高发的报道，咖啡（都市）依赖症行为也是一弊，影视剧的蒙太奇切换中，彻夜工作的人们总是在烟雾缭绕中留下一地或一大烟缸的烟蒂。不过，全球禁烟的大背景下，烟草的危害被清晰地刻画出来，引起社会与家庭的重视，但烟草成瘾的戒断问题依然严峻，绝不是肺癌危险性的知识宣导所能阻断的。真正吸引烟民不懈驻守的理由秘而不宣，大概是吸烟过程中的口唇快感和身心囚禁之后的获释感（俗话中的放松与愉悦）。口唇是成人幸福的器官，囚禁感是现代人无端的灵魂枷锁。另一类灵验之物是抗疲劳药、兴奋剂、亢奋剂，最终是毒品可卡因。好莱坞的午夜总是春情荡漾，猛男不衰的神话需要大量的兴奋剂、春药、壮阳药，最后推出了并非壮阳药的"伟哥"。最新的研究证明，别名威尔刚的"伟哥"，本身并不给两性关系带来色情意义上的灵光，增加的仅仅是器官充血功能状态，虚张的是男权主义的英雄梦、征服感，是男人失魂落魄的雄性与阳刚的一次回光返照，属于愈纤弱，愈逞强的心理自慰。

烟草及药物的滥用其实并不是人类终极的欲求，"不夜"是一道欲望之门，门后的幽闭之处隐藏着一个终极诱惑——不老崇拜，不死意象，在远古先民意识里，黑夜就是衰老、死亡的降临，害怕黑夜就是害怕衰老，害怕死亡。即借助一切外力，无论是自然力还是人工力去抵抗死亡，拒绝衰老。

不过，古代人的不老、不死希冀多有意念张狂，少有操作技巧，最值得称道的莫过于庄子《养生主》一文中"庖丁解牛"的个体避害技术，试图在各种生命风险的波涛中"游刃有余"，但对于险恶的官场与商场求生，以及频仍的社会风险（战争、饥荒、瘟疫、动乱）基本无用，帝王们迷信的炼丹术（内丹），吞食五服散（含有重金属等有害物质）基本上是南辕北辙，只会加速夭亡的脚步，长寿崇拜、不死意念只能耽寄于神话空间里，构筑不死鸟（凤凰涅槃）、不老泉的无限遐想。有文献书证的仅有彭祖长寿的传说。据《华阳国志》记载，四川眉山彭山镇是彭祖的故乡。彭祖相传是中国历史上的超级寿星，传说他保持着最高长寿纪录——767岁，这种说法来自东晋葛洪的《神仙传》，这样的高龄显然是不可信的，但历史上彭祖似乎确有其人。《史记·楚世家》记载他是五帝之一的颛顼的孙子，其一生历经夏商两朝，共活了近800岁。有关彭祖的长寿故事早在秦汉以前就已流传。屈原的长诗《天问》中就曾提到他，孔子和庄周在自己的著作中也都将他视为长寿的典范。

世界各国的长寿意象似乎也不足信，但也有若干神话学、人类学的例证。在古代西亚苏美尔神话、西方的凯尔特神话、北欧神话、爱尔兰民间传说等中也有长生不死的仙人。挪威神话中的众神是可能会老死的，由丰收女神伊登负责看管能使众神长生不死的"魔法苹果"。《圣经·旧约》中说，伊甸园内有两种神奇的树——智慧之树与生命之树，若有人吃了生命之树的果实后，就会永远不死。泛宗教语境中，复活与涅槃的意念最为流行，不死鸟相传是一种神话中的鸟类，可归类为火鸟的一种。希腊神话中的不死鸟可能来源于埃及神话中的贝努鸟，每隔五百年左右，不死鸟便会采集各种有香味的树枝或草叶，并将之叠起来后引火自焚，最后留下来的灰烬中会出现重生的幼鸟。

在现代医学的锦囊里，有两组特别的神器，一组是机器替代方案，一组是生物复活方案。前者是以人工心肺机为主体的 ICU 系列救助平台，可以让濒死之人垂而不死，新近又绽放出"叶克膜"（ECMO）新技术，可以在心脏停跳后维持循环指征几个小时；后者是以分子修补与重建技术、克隆技术为代表的再生医学技术。2009 年度的诺贝尔生理学或医学奖颁给了三位美国科学家（伊丽莎白·布莱克本、卡萝尔·格雷德和杰克·邵斯塔克），他们的研究成果是发现了位于染色体末端的端粒和端粒酶保护染色体的机理。大家都知道，人类的体细胞有 23 对染色体，通过染色体，人类的遗传基因可以得以延续，在染色体的末端有一个像帽子一样的特殊结构，这就是端粒，端粒能够保护染色体。伴随着人的成长，端粒逐渐受到"磨损"，而端粒酶的作用则是帮助合成端粒，在端粒受损时恢复端粒的长度。端粒和端粒酶直接关系着细胞的寿命，如果端粒变短，细胞就会老化，相反，如果端粒酶活性很高，端粒的长度就能得到保持，细胞的老化就会被延缓。

这三位诺奖得主20年前的研究就是发现了位于染色体末端的端粒和端粒酶保护染色体的机理，而这一发现揭示了染色体的复制过程，对进一步了解人类衰老过程、癌症以及干细胞有重要意义。此次获奖项目具有更加深远的思想史意义，人们可以从生命本质与生命哲学上去思考，甚至拷问，人类将如何控制衰老和死亡。公众有理由大胆设想："生老病死程序是否将彻底刷新？""长生不老是否不再稀罕？"

答案似乎应该请益于"儿童文学"，最值得回味的童书是斯威夫特的《格列佛游记》，它着实是一部关于生命的寓言，破天荒地展现了人类长寿的无尽烦恼与弊端，并给予尖刻的讽刺与诅咒。历代反思长寿只是从资源占用的角度出发，倘若资源足够多，生活方式足够节约，长寿是被允许和鼓励的。少数科学家认为人类可通过科技手段趋利避害，以达至长生不老。斯威夫特别出心裁，从长寿者的体验和境遇出发，论证长寿是一种无聊，一种折磨，一种羞辱，是对代际秩序的破坏。

那些长生不死的人过着怎样一种生活呢？《格列佛游记》中记叙了悲惨的斯特鲁德布鲁格（长生不死的人）的生活，他们被幸运女神挑中，出生在拉格奈格王国里，格列佛大夫初次听说这些人时欣喜若狂，心想他们是多么幸运呀，生活在那么一个充满经验和智慧的宫殿里。事实并非如此，斯特鲁德布鲁格人是世界上最痛苦的一群人，他们有着悲惨的命运。

一般人都臆想超级长寿的欣喜，而无视他们的困惑，心想这一定是一个幸福的民族啊，一部分人可以长命数百岁，这有利于古代智慧的传承，可以更好地以史为鉴，寿星可辅佐国王贤明地执政，从自身体验来警示人类腐败。由于解除了死亡恐惧，流连世俗幸福，心情舒畅，其乐悠悠。斯威夫特借格列佛的嘴告诫我们，缺乏寿星的生活细节，长寿的幸福是极其可疑的。如果真想长生不老，一定要统筹规划，怎样漫长地活着。青壮年必须积累更多的财富，以支付冗长的长寿岁月的开支，必须妥善处理爱情与婚姻，两人世界的保鲜期无法持续漫长的岁月。在民主国家，他们或将被剥夺公民权，以防止老人乱政，他们还有可能嫉妒青壮年的激情生活，造成不可调和的代际矛盾，以衰败之躯面世，无法享受现实幸福，因失忆、痴呆而无法与现实生活对话。老人的缺点（冥顽不化、暴躁、贪婪、沮丧、虚荣、多嘴）会滋长、放大。

我们必须思考那是一种怎样的长生与长寿？均衡延长幼年、少年、青年、壮年、老年期（每一期200年），还是只延长老年期（幼少青壮50年，老年750年）？老年是消耗资源时期，不是创造财富的阶段，如何统筹安排足够的资源应对漫长的生命？老年是生命质量和尊严低下的时期，无限延长这个时期是祸是福？如何与青壮年分享时间、空间、资源、利益？鼓励或限制老人参与社会政治，如何杜绝老人政治？历时性演变为共时性，如何处理社会身份的延续与断裂问题？如何处置众多脑萎缩和老年痴呆、老年护理问题？

谁都没想到小说的结局，这些寿星们活腻了，盼早死。他们活到九十岁，头发、牙齿全部脱落，这时他们已经无法辨味，有什么就吃什么，胃口不好，吃什么都不香。他们的常患病经久不衰，病情不见加重也不会好转。谈话时连一般事物的名称、人们的名字都忘记了，即使是至爱亲朋的名字也记不起来。无法阅读，他们已经不能看完一个句子，看了后面忘前面。婚姻、社会生活无法维持，他们不懂另一个时期的语言和语汇，无法与周遭的人交流，如同被流放在异国他乡。人人都轻蔑、痛恨他们，大家认为他们是不祥之兆。可能是性别歧视心理作祟，斯威夫特笔下长生不死的女人比长生不死的男人更可怕。

最后，斯威夫特笔下的格列佛大夫无限感慨：自从亲耳听到、亲眼看到这种人之后，我的长生不老的欲望大为减退。如果哪个国家的人民贪生怕死，就让他们见识一下"斯特鲁德布鲁格"的生活。

涂鸦到这里，一个长长的哈欠袭来，不夜的日子真难熬，不老不死的仙境大概也不好消受，还是先洗洗睡吧。

（《格列佛游记》，斯威夫特著，张健译，人民文学出版社1962年第一版，2010年重印）

你看见蝴蝶了吗？

从一个真实的故事说起。30年前，一对中学里形影不离的哥儿俩双双考入医科大学，毕业后又分配在同一所医院，一个做了外科大夫，一个做了麻醉大夫，手术室里无隙搭档二十余年，心有灵犀，配合默契，生死线上解救了数以百计危厄的生灵。有一天，麻醉大夫在手术台前晕厥了，已经是医院院长的外科大夫亲自为他诊疗，无奈，此时肝癌已达晚期，且全身转移，手术与药物已回天无力，只能消极治疗。半年后，麻醉大夫撒手西去。弥留之际，外科大夫无限沮丧，一是自责技不如愿，没有挽救挚友；二是别离时几乎无话题可聊。大凡外科大夫的风格就是多做少说，事后这位院长与我道来，我说当时你一定说过两句宽慰的话："不要想得太多！"（生死危崖，怎么可能不浮想联翩呢？）"一定要坚强，病会慢慢好起来的。"（身为麻醉医生，他太了解"复苏术"的价值，也不太可能相信虚幻的宽慰，又如何坚强起来呢？）院长惊奇地说："你怎么知道的？在临终病人面前，我只会说这两句话。"这也难怪这位院长，因为，技术的医学没有"灵性照顾"

这一课，更不相信有"濒死意象"与"临终觉知"。

不甘无语陪伴的院长反问："我应该跟他说什么呢？"是的，跟弥留之际的人说些什么呢？经历丧亲之痛的朋友也常常问起这个问题。

你应该真诚地问他（她）："你看见蝴蝶了吗？"

这是"死亡与濒死夫人"库布勒·罗斯的经典命题。"二战"结束之际，她跟随国际慈善与救援组织奔赴波兰，在奥斯维辛集中营，她发现即将进毒气室的犹太囚徒用石子、指甲在墙壁上刻下很多蝴蝶的图案，每一间牢房里都是，为什么是蝴蝶？很显然它具有特别意义，正是这一悬题让她步入医学殿堂，步入死亡与濒临死亡的追寻之旅。

在生死研究的殿堂里徘徊了十几年后，罗斯终于明白了答案，那是对痛苦的"解放"，对生死恐惧的"解脱"，生死不过是一次凄美的蝶变，生命在灵魂离开身体的一瞬就像蝴蝶破茧而出，脱离了层层的束缚，自由自在地飞翔。奥斯维辛集中营里的囚徒们面对死亡的迫近，彻悟了，自己很快就会变成蝴蝶，死后就会离开这座人间地狱，再也没有痛苦，再也不会与家人隔绝，也不必生不如死地活着，就像破茧的蝴蝶，离开沉重的肉身与苦难，飞身去天国。《ELLE》杂志主编多米尼克·鲍比中风后，以唯一能眨动的右眼指挥家人手中的字母表而艰难完成的旷世杰作《潜水钟与蝴蝶》（后来被拍摄成电影）也记叙了疾苦中的生命体验，此时的肉身，如负潜水钟而深卧海底，每一次呼吸与动作都十分沉重，然而，思绪（灵魂）

如蝴蝶一样自由飞翔。心理分析影片《沉默的羔羊》更是把生命中所有的心理困境（压抑与苦闷）的解脱都推到飞蛾式蜕变渴望的心理闸门之前（"飞蛾"成为影片中"水牛比尔"罪恶与罪感的隐喻），而不仅仅是死亡的恐惧。在后来的医疗生涯中，罗斯记录了她的"濒死五部曲"的认知过程。最初的阶段是否认："不可能会出现这样的危象或窘境！""一定是搞错了！"其二是愤怒："为什么厄运总是跟随着我？""命运为何如此不公？怎么能这样对我！"其三是讨价还价："还给我一些好时光吧，我需要……""让我活着看到我的孩子成年（毕业）就好。"其四是沮丧："我太失望了，太难过了！何必还在乎什么时间的长短（痛苦）呢？"其五是接受："我与生活和解了。""蝴蝶飞起来了，新的旅程即将开启。"她一直用蝴蝶的意象跟患者交流痛苦的转化与生死的跨越。"你看见蝴蝶了吗？"成为临终陪伴最好的话题。

有人生疑，蝴蝶飞临暗喻天使的眷顾，这一临终觉知包含着否定（决绝）现世，肯定（美化）来世的宗教意象，这对于宗教意识薄弱，迷恋当下快活的中国人来说似乎有些隔膜，言下之意是不贴合国人的心灵密码。其实不然，寄情蝴蝶跨越两界的故事最早见于庄周（《庄子·齐物论》），他曾梦见自己成了一只自由飞翔的蝴蝶，无比的畅快和惬意。一阵微风后忽然间醒来，惊惶不定间慨叹，不知是庄周梦中成了蝴蝶，还是蝴蝶梦中成了庄周。在庄子看来，我（庄周）的世界与他者（蝴蝶）的世界没有苦乐、高下之别，因此，劝慰人们又何必那么迷恋于现世呢。联想到寓言中庄子丧妻之后击盆而歌的举动，一位不恋今世，寄情来世，豁达生死的智者形象油然而生。相形之下，老子一头青牛西出函谷的神秘生死之旅，虽然决绝，但少了几分浪漫。在中国，家喻户晓的梁祝殉情故事就以"化蝶"作为美丽的结局，这一意境在当代由两位年轻的音乐家（陈钢、何占豪）以小提琴协奏曲《梁祝》的形式诗化成为生命幽境与妙遇，跨越文化沟堑，在西方人那里展现了中国人浪漫穿越生死的艺术意象。殊不知，诗歌吟唱的中国历史长河里，"蝶恋花"的词牌下演绎了太多生死、苦乐轮回的生命幻象。在国人的精神世界里，一只蝴蝶寄寓了生死爱痛的无限遐想。

相对于蝴蝶的临终意象，国人似乎更钟情于"白莲花"意象（传统的"莲花助念"）。即使不是佛教中人，也会欣赏、认同那一份出自污泥的纯美，生命中"白莲"的隐喻既有观音（泛宗教女神）的眷顾，还包含着生活的自得与自满，与他人的和解，对自己生命价值的肯定。人生颠簸，难免泥水勾连，苦难相随，但是，最后一刻全都放下，手执圣洁的莲花，轻装上路，有如徐志摩惬意地"再别康桥"。无论是蝴蝶，还是白莲花，都在于为阴阳界河上摆渡的人们送去一份诗意的安详，使得生死别离不再惊惶，获得一份灵性的关照。但对于信奉逻辑实证主义的医生群体来说，死亡不过是 ICU 技术高地的失守，是停药、停电与关机的意外，而且他们坚信实验室之外无真知，技术视野之外的生命认知都是危险的，因此，很少能从技术专家嘴里掏出"灵性"的话题。

不过，白天鹅堆里也会偶尔飞出一只黑天鹅来，他叫埃本·亚历山大，一位供职于哈佛大学医学院的资深神经外科大夫，他依据自己的亲身经历讲述了一个濒死奇遇的故事。那一刻，他不仅看到了蝴蝶，还体验到更为丰富的濒死觉知。

2008年11月10日，一场感冒后，埃本大夫陷入长达7天的昏迷，后被确诊为极罕见的"细菌性脑膜炎"。几乎找不到直接的病因与诱因，行脊椎穿刺术，脑脊液出现浑浊黏稠，还带有一点浅浅的绿色，表明脑脊液已化脓，专业表述为革兰氏阴性杆菌感染（找不到任何潜入的路径），脑脊液中葡萄糖含量低得出奇，仅为每分升1毫克（大大低于每分升80毫克的正常值），格拉斯哥昏迷评分又高得离谱，达8分。这种状况下，死亡的概率很高，存活的概率很低，大约为9：1。

此时，他体验并记录了六种特别的生命感觉，自我命名为"绝对真相"。

感受一：被抛感，坠入黑暗的隧道，一种深沉璀璨的黑暗。无法看，只能听（反现实），聆听到两种声音，一种是杂乱、烦扰、尖叫的声音；另一种是深沉、有力、悠远的声音。萌生两种感觉，束缚与逃脱，渴望解放。继而感受到旋转的世界，时间、空间丢失，身份遗忘，记忆重新拼接，体验与感受却很细腻，很强烈。

感受二：获得恩宠，感觉到被爱包围（源自亲人的陪伴）。

感受三：获得勇气，感受一种解放感，不再恐惧（遇见蝴蝶）。

感受四：免责，除罪体验，一切都不是我的错，而是一种宿命。

感受五：灵异的访问：逝去的父亲（接我回家，回到先辈行列），无名少女（遭遇天使，实为他未曾谋面的早逝妹妹）。

感受六：天堂感，一种类似于乘坐火箭、飞机的飞翔感，好似跳伞的体验，在寻找"生命的锚地"，并踏上复活（而非复苏）之途。

第七天，奇迹出现，先是眼皮动了，血液中的白细胞开始下降。然后突然醒过来，眼睛睁开了，意识迅速恢复，在床上翻腾，自己拔除呼吸管。犹如电脑死机之后的重启，一切都回到了从前，就像经历了一次神奇的旅行。疾病退却，身份恢复，依然是一位现代医疗建制中的技术专家，但7天的穿越令埃本迷惘，他自问：为何无法用科学和医学的原理来解释这一切？因为"科学与当下的科学"、"医学与当下的医学"不是一回事，两者之间存在着巨大的落差。重读库布勒·罗斯的《论死亡与濒临死亡》，他发现自己的经历并非独一无二，相同的体验与描述在罗斯的笔下也有记载。由此，他的思绪被放逐到一个新的视域之中，他在书中提出一些前所未闻的课题，一是医生、科学家如何面对神性、灵性世界，是否应该认同双轨制与多元世界？医学不能只迷信技术的价值，而忽视信仰的力量，以及被信念激发的自然向愈力。二是在临床中，医生应该既讨论医学（技术）话题，也讨论灵魂话题，善于把技术事件转变成为灵魂事件，完成神依—魂安的诊疗历程。三是人的意识是否具有独立（独行）性，生命有重量，灵魂是否也有重量？"天堂"是否存在，需要更多的证据，需要更充分的证明。最后他深刻发问：一个没有神秘，没有圣洁，不再神圣，彻底世俗化（技术化、功利化）的医学能走多远？

无疑，凭借个人的体验还无法解读临床中的灵性觉知，只有大数原则论证过的资讯才能让人信服。而医者短暂的职业生命，以及不可复制的个体濒死经历，几乎无法抵达群体研究的高度。不过，这个世界太大了，热衷于生死叙事与灵性照顾的医生队伍里还真有一位奇人，她叫辛格，在美国佛罗里达一所医院的临终病房里工作了近十年，陪伴了二百八十多位临终患者的别离。她不仅体验丰富，而且理论洞察力非凡，她真诚地告诉人们：临终是一段自然开悟的历程，一段最终回归真我的返家之旅。她完全超越了世俗的恐惧与沮丧，步入恩宠与勇气，认定人的死亡是更高的能量渗透生命的时刻。而且她十分珍惜陪伴的体验，庄严神圣的陪伴不是置身事外的观察、想象和自我诠释，而是与病人同在，通过对话更加懂得病人，对病人的苦难有一种深度的共感。陪伴时刻感觉自己被超越个人的巨大力量所撕裂，也感受到无限的慈悲与智慧。正是通过陪伴使她更多地理解死亡，对生命旅程的认知也更加深刻，我们的生命变得更大气，更完整，更开阔，也更真实。在她看来，死亡是一个肉身与自我感崩解消融、逐渐转向内在灵性的过程。内在灵性可能展现出别样的生命品质来：这种品质包括空灵的圆满，无边的浩瀚感，不受拘束的自在感，内在的光芒、安详、慈爱，以及一种可以与他人分享的神性。可归纳为：放松感、退出感、光明、内在性、静默、神圣、超越、知悟、融合、体验圆满。对于未经历这个过程的生命个体难以言说，是一份满溢的恩宠，是一次惬意的灵然独照。

从罗斯的"蝴蝶意象"到埃本的"灵性觉知"，再到辛格的"灵然独照"与"灵性照顾"，一条生命认知的别径在开启，以躯体照顾为诉求的临床医学"天花板"被灵性照顾的实践所戳破，技术主义专注于躯体救助的生物医学知识体系已经无力解读和应对生命别离与抚慰的神秘、神奇和神圣，身心灵全面眷顾的"全人医学"理想之舟已经起航。我预期，大约在我和那位无语院长离开这个世界的那一天，能够得到一份超越技术服务的生命（灵性）眷顾。

（《生命之轮》，库布勒·罗斯著，范颖译，重庆出版社2013年版；《天堂的证据》，埃本·亚历山大著，谢仲伟译，百花洲文艺出版社2013年版；《陪伴生命》，凯瑟琳·辛格著，彭荣邦、廖婉如译，中信出版社2012年版）

涅槃的知与行

在国家经济腾飞，国民生命质量、生活品质大大提升之际，人们便很自然地关注起死亡的品质与尊严来。因此，善终成为一项权利，一项福利。文明社会里，绝大多数人都能通过安宁和缓的医疗通道有尊严，少痛苦，愉悦地步入往生之途。善终也是一个社会的伦理共识，一场自我教育运动，通过新的生死观倡导，学习、交流生命善终的原则和技巧，全社会的每一个成员都将通过相互关爱、呵护，帮助别人或得到别人的帮助而获得善终。玛姬·克拉兰和派翠西亚·克莉合著的《最后的拥抱》就是学习"善终"的绝好教本。

中华民族是一个重生轻死的民族，孔子的"未知生，焉知死"常常被人们误读为"珍爱生命"的宣言。于是，时时幻想着颠覆生老病死的自然法则，萌生长生不死（永生）的奢望，拒绝死亡也恐惧死亡，躲避死亡话题的讨论。君不见，产房内外，众亲拥簇，周到备至，相形之下，衰病之躯的临终时节，常常会失落孤寂，即使亲朋环绕，提供良好的躯体、医疗照顾，也无法使受伤的精神得到抚慰、将逝的灵魂得以安顿。因此，尽管我们每个人都希望得以善终，但愿望在现实中常常落空，更多的是在无奈、无措中与亲人草草诀别，留下诸多无法补救的遗憾和撕裂性的别离哀伤。

在完整而丰富的生命历程中，一定少不了最后的送别、告别、道别的节目，也就是说，人的一生中总是会经历几次与亲人、朋友生死诀别的经验与体验，有限生命的境遇里，因为有生死惜别才会滋生对生命的无尽珍爱。这份珍爱也通常表现为对亲人的安宁照顾能力，因此，我们每个人都是安宁护士，在医学生活化的当下，我们离不开医学的专业帮助，但死亡不仅与疾病（造成重要器官功能衰竭）有关，也与衰老（器官组织功能衰退、老化，最后归于停歇）有关，生离死别不只是一个医学与病魔抗争、完成躯体救助的过程，而是心灵的拯救与灵魂的救赎之旅，技术主义主导的现代医学尽管法力无穷，却无法抵达灵魂安抚的高度，也缺少临终时节（生命终末期）心理与心灵关爱、照顾与顺应的系统辅导。因此，抵达善终的送别是当代临床医学教学中最苍白的一课，无论医生、护士、家人都需要补上这一课。

人们究竟需要怎样的善终与送别呢？《最后的拥抱》里，资深的安宁护士玛姬与派翠西亚用一系列鲜活的安宁护理与送别案例昭示我们，无痛苦，少折磨，不煎熬，死亡过程宁静、温馨，有尊严，有和解，那是最后一次体验亲情和智慧的仪式。生命长河里，亲情、友情是悠长的，但诀别只是一瞬间，一旦逝去，追悔莫及，永远也无法弥补。她们特别强调的是：生命诀别的过程是身心灵三位一体的，身—心—灵同步或者心—灵先于肉身迈向生命的终点，而不是躯体衰亡之时留下无限的心理遗憾，灵魂的无家可归。

这本书不是学理艰深的学术著作，也不是结构谨严的教科书，而是穿越个体丰富经历和体验的安宁护理札记。这种职业笔记传统由南丁格尔所开创，南丁格尔为我们留下的护理学著作就是那部不朽的《护理笔记》。这种文体轻松好读，适应性广，读者不限于医学生和专业人士，而是一部普适的人生教科书，它告诉每一个人，"善终"是你的需要，也是可以去虔心学习和感悟的日课，犹如莫里教授的《相约星期二》。书中每一个安宁送别的案例都不是简单的故事，而是包含着生死的观念与心态，谈话的方式与语境，沟通的技巧与仪式的叙事医学范本。

刚刚兴起的叙事医学将死亡从急救医学、ICU病房的技术氛围中解救出来，成为一个个生命之火从幽闪，返照，到最后熄灭的文学叙事，读完这些故事，你会觉得临死前的精神世界（作者命名为"临死觉知"）是那么阔达，以至于我们仅仅用病理学（心理与生理）的知识器皿来装盛是那样的局促，有长鞭窄室之困。徜徉在作者的故事里，你会觉得死亡叙事果真是一首诗，一首自我吟唱的诗，还是深情诵诗的美丽仪式，在这个庄严的仪式上，人们从容飞渡孤独、恐惧、沮丧、忧伤的心理峡谷，坦然接纳死期的降临，同时，尽情抒发生命最后的尊严，最后的爱，完成最后的拥抱。从此以后，肉身可能"零落成灰无觅处"，"化作春泥更护花"，灵魂却腾入天国，自由飞翔，生命得以涅槃，得以重生。

书中死亡叙事的神来之笔是关于死亡历程的诸多"隐喻"，其中最常见的隐喻形式是"生命的远足"，死亡就是跨过一座桥，到远方去旅行，因此，临走之前要"找地图"，"找护照"，叨念着"旅程的艰辛"，亲人和友人要读懂这个隐喻，帮助将逝者勇敢上路，解脱他的最后牵挂；第二个隐喻是"穿越时空的灵异访问与重逢"，譬如见到早已逝去的前辈，多年不见的至交，这样的会面常常半虚半实，神龙见首不见尾，却如梦如痴，相谈甚欢，或许是过去的仇人与情敌，为的是在生命的最后关头，与这个世界和解，不留下仇恨、敌意与遗憾，这些相遇者都是将逝者未来生活的旅伴，与他们结伴而行，往生的路才不会寂寞；第三个隐喻是"谒神、遇仙或步入天国、仙境"，有宗教信仰的人会感觉到上帝、天使、真主、佛陀、观音的召见或邂逅，体验到天堂的胜景，或看到一束美丽的光，远眺一个美丽的地方，包含着平生积德行善的自我肯定，才会有遇仙或步入仙境的荣耀，有了这份荣耀，往生的路会平坦顺畅很多。

面对临终者形形色色的死亡叙事，玛姬与派翠西亚告诫我们，无论是医护人员，还是家人与朋友，都必须服从叙事医学的"军规"，坚守故事语境与仪式，不能以科学（理性）语码来破译，恰恰要以文学意象（诗性）来建构，来领悟，不允许使用"这不过是临终幻觉"，这分明是"药物过量反应"、"这是不可能的"类似的客观主义大棒去击碎那些美丽的诉说和体验。相反，要顺从将逝者的故事语境，辅以肢体的关爱（如抚摸、拥抱）将故事延展下去，探寻下去，将隐喻解读得更丰满，更惬意。同时，记录下这些临死觉知，发掘出人类临终期（三个层面：民族文化独有意象，个人生活经历的独特意象，人类公共意象）的"思维地图"与"认知密码"，让死亡叙事的"剧本"更加丰富与丰满。

最后，要指出，这本书还有一个非常有意义的"焊接"，那就是将临终关怀（针对将逝者）与哀伤关怀（针对将逝者家人）融为一体，真正打通了，逝者的家人只有在安宁护士的引导下积极参与身心灵三位一体的临终关怀，自然就会消除对逝者的撕裂性哀伤，转而进入绵绵不尽的追思和怀想，或者有望成为优秀的安宁义工与志工。因为中文里"舒"字由"舍"和"予"组合而成，仓颉造字法提示我们：只有舍得给予，才会赢得生命中最大的舒坦。

（《最后的拥抱》，玛姬·克拉兰、派翠西亚·克莉著，李文绮译，华夏出版社 2013 年版）

在绘本里凝视生死

　　人们都说眼见为实，然而，用"眼"与用"睛"是不一样的，目不转睛强调的是"睛"的专注，视而不见说的是"眼"的虚瞄，成语"明眸皓齿"中的眸是暗送秋波的灵窍，"有眼无珠"则是讽喻某件事在某些人那里入眼不入睛，眼里有，心中无，譬如当下的手机查微信，基本上属于用眼不用心，刷屏开口乐，过后不思量，屏一刷，茶就凉。读书的体验则不一样，需要定睛细察，读后拍案叫绝也罢，掩卷沉思也罢，不是心头一热，便是扬眉吐气，常常会惹起人们思绪万千，物与神游，说是仰仗文字的魅力，也未必，被称为图画书的绘本文字不多，却依旧仪态万方，让大小读者目不转睛，流连其版面，沉醉于故事，久久回味。

　　让思想界沉稳兼成熟的朋友们属意本归于儿童读物的绘本，并非近日里返老还童，捏着嗓子说话装嫩，只因读到日本著名儿童文学家柳田邦男的一段关于绘本阅读史的著名箴言，大意是人的一辈子有三次读童书（绘本）的机会，第一次是自己是孩子的时候，第二次是自己抚养孩子的时候，第三次是生命即将落幕，面对衰老、疾苦、死亡的时候，我们会出乎意料地从童书中读到许多称为新发现的深刻意义。其实，生活就像童话一样，充满了智慧与隐喻，也足够精彩，让这个童话留给我们的后代去回味吧。人为什么活，怎样活？为什么会死，怎样去死？这些人生的真谛，童书里都有。

电影《心灵病房》（*Wit*）中有一组感人至深的镜头。主人公薇薇安是一位古典文学教授，癌症失救，进入生命的终末期，她白发苍苍的老师来到病房，将薇薇安轻轻地搂在怀中，一起入神地朗读着绘本《逃家小兔》：

我要跑走啦！小兔子说。

如果你跑了，我就去追你，因为你是我的小宝贝呀！妈妈说。

如果你来追我，我就要变成溪里的小鳟鱼，游得远远的。

如果你变成溪里的小鳟鱼，我就变成捕鱼的人。

如果你变成捕鱼的人，我就变成高山上的大石头。

如果你变成高山上的大石头，我就变成爬山的人，爬到高山上去找你。

…………

刹那间，一切都归于纯粹，死亡的恐惧与忧伤消弭在《逃家小兔》温情的画面与想象中。生命的总历程只有三步，居家—离家—归家，它不仅是小兔子对生命的遐想，也是真实生命的轮回。小兔子无论身处何方，无论如何变，妈妈的爱都环绕在身旁，小鳟鱼、高山上的大石头、小花、小鸟、小帆船、空中飞人，不过是生命的呈现方式不同而已，她可能是一瞬间，也可能是一辈子。生和死就是在不同的遐想中穿越，自由，浪漫，无所畏惧，也无所忧伤，因为，我们心中有妈妈（亲人）绵绵不绝的爱。

感谢《心灵病房》的导演，借用绘本来进行生死辅导，是一个了不起的创意。对于国人来说，有助于他们走出"未知生，焉知死"的鸵鸟心态。直面困境，豁达生死，为当下紧张的医患关系减压（如今的医院里也不能死人，不仅死不得，而且死不起）。殊不知，孩子都是精灵，也是小小的哲学家，他们都可以通过童话的翅膀抵达灵性的精神高原，认知生命的五度（长度—宽度—厚度—温度—澄澈度）。那些经典的绘本总是以震撼心灵的方式让孩子感知生命，演绎父母、老师、医生、护士无法生动表达的挫折、灾难、离别和死亡……第一，绘本中不会出现专业的词汇，儿童阅读起来容易理解，童话语境容易减轻现实压力；第二，绘本中对死亡的描述，大多贴近儿童生活（游戏、童话），通过这些故事，强化儿童思维的合理性；第三，柔情的故事，柔美的画面，柔和的色彩，可以让死亡的悲哀在图画中慢慢地释放出来，不需要刻意隐瞒，需要的只是了解到绘本中的那些人和自己一样的悲伤，以安抚儿童及家人顷刻间破碎的心灵。绘本文字简洁，画面生动，图文相映成趣，主题明确，能触动心弦，令人久久回味，在轻松阅读中体悟人生的真谛；识字多少不能成为阅读绘本的障碍，孩子完全能把故事读懂，并从中吸取滋养。其实，绘本老少咸宜，不只是小朋友喜欢，成年人阅读绘本也有其感触、感动、感悟之处。

绘本的叙事展开分为五步，始于故事的温情讲述，随后是童真童趣的展开，生死主题的捕捉，生命隐喻的确立，生命意义的引申。在绘本的意向之中，意外的死亡演变为意料中的死亡，非正常的死亡转化为合理的死亡，冰冷的死亡成为温暖的死亡，对于死亡的沮丧、愤怒、讨价还价、无奈逐渐被平静、坦然、接纳、认同、顺应、脱敏所取代。

孩子们的生死问题充满着天性与率真，譬如死亡痛苦吗？死后究竟去哪儿啦？有没有天堂与瑶池？大家都去天堂，哪有那么多地方住呀？假如把死神灭掉，我们会更快乐吗？

《幸运的内德》是关于挫折与幸运的，住在西海岸加州的内德接到一张请柬，要去东海岸的佛罗里达参加一个盛大的聚会，可是，一路上却惊险连连，先是飞机爆炸，跳伞自救也不顺利，草堆里有钢叉，大海里有鲨鱼，岸上有老虎……读者会被内德的命运所牵动，时而开心，时而担忧，幸运与倒霉交叠，暗示了幸运不光是上帝的安排，更要靠自己的勇敢和努力去争取……内德并非坐等幸运女神的光顾，而是凭借自身的坚强和努力获得最终的幸运，于是，才有了只有幸运没有倒霉的内德。这本书有丰富的病房联想，我虽然患上某一种严重（疑难）的疾病，但幸运的是我来到了心中最好的医院（结缘）；虽然病情复杂，还在迁延、发展，但幸运的是我遇到了这个领域最有研究的大夫和护士（感恩）；虽然病一时还没有机会彻底治愈，但通过医护的努力已经有了逆转，遏制了发展的势头（恩宠）；虽然只是症状的改善，但继续治疗有了信心，既来之则安之，时间换空间，积小胜为大胜（耐心）；虽然这种病机理不明，疗效不显，预后不佳，必须迎击死神，但谁无一死呢，安宁缓和医疗给予我生命质量（豁达）。

《爷爷有没有穿西装》讲述儿童直面亲人死亡的故事，小主人公叫布鲁诺，是一个真正的小不点，个头只有爸爸妈妈膝盖那么高。在这个三岁童子的眼里，死亡是很庄严、神圣的时刻，因为，爷爷此时穿上了西装，系上了领带，皮鞋还擦得锃亮，而且就这样"睡着"了，在平时里，一定是穿了西装不睡觉，睡觉时不穿西装。大人告诉小布鲁诺，这身打扮是为了告别，为了葬礼，因为爷爷要睡过头，不再醒来了。死，就是一个雨天里睡着了。

布鲁诺的第一个问题冒出来了，爷爷究竟去了哪里？葬礼那天，分明看见爷爷被安放在墓地深深的地坑里，但爸爸却说爷爷在天堂，难道天堂不在天上，而在地下？妈妈的解释也很奇怪，爷爷的身体在墓地里，爷爷的灵魂在天堂。明明是一个爷爷，怎么就分开来了，身体躺在墓地里，灵魂活在天堂里？死亡的事情还没有弄明白，又冒出一个灵魂的事情，什么是灵魂，妈妈不愿意告诉布鲁诺，说是几句话说不明白，或者说明白了，小布鲁诺也听不明白。其实，妈妈太小看她的孩子了，小布鲁诺心里很明白：灵魂，就是爷爷身上那些让我喜欢的东西。

布鲁诺的问题真不少，让大人应接不暇，妈妈，我什么时候死呀？自从爷爷穿着西装离我们而去，再也不回来了，小布鲁诺就有了"我也会死"的意象。有一天，他去问爸爸：我什么时候会死呀？爸爸比妈妈有耐心，他告诉小布鲁诺：没有人知道自己什么时候会死，因此，我们度过的每一天都可能是生命的最后一天。所以，印第安人有一句名言：把每一天都当作自己的最后一天去活。这句名言影响了许许多多的人，他们珍惜生命中的每一天，同时把别人喜欢的东西播撒出去，去爱身边的人，关怀受苦的人，这个世界才可爱起来。

布鲁诺的问题还没有完，天堂里住满了怎么办？小布鲁诺真是爱思考，他的下一个问题是人人都上天堂，那么天堂会不会有一天住满了，拥挤不堪呢？爸爸笑着对他说，不会的，有些灵魂会飘出来，跟随一个新生命重新来到我们的世界。果然，爷爷死后一年，米茨姑妈的肚子大了起来，不久生下一个小弟弟，难道他就是爷爷的灵魂重新来到我们中间？不过怎么看都不像……

小布鲁诺的问题一串串，关于生生死死，关于应该怎么活，一切都在朦胧之中逐渐明白了，小布鲁诺就长大了，个子高了，灵魂也变得丰满了。

这些绘本都是举重若轻的生死教育，生死教育就应该贯穿生命的全过程，必须从娃娃抓起。对于成年人（尤其是医护人员）来说，这样的绘本也是死亡辅导的好道具，它着眼于生死迷茫的终末期进行有效、有品质的灵性照顾。缓解三恐（恐惧、恐慌、恐怖），让每一个临终者获得一份对于死亡的解放，就是解开，放下，不再恐惧，节哀顺变；赢得一次生死的觉悟，觉知，彻悟，念纯，那是哲学、宗教境界的豁达。

濒死心理学告诉我们，死亡的解脱有三步：第一步是死亡恐惧的摆脱（脱敏），第二步是过程痛—苦的消除（技术与药物），第三步是灵氛境界的创设，灵性照顾，灵然独照，有了来世（身后世界）的憧憬与想象，如同跨过一座桥／一道门／一条隧道，看见一道神秘的光，闻听一个神奇的声音，遁入一个神圣的地方。

这些故事和意念都躲在绘本里。不信，你也去读读！

（谈论生死的绘本有：《獾的礼物》、《逃家小兔》、《一片叶子落下来》、《爷爷有没有穿西装》、《爷爷变成了幽灵》、《熊和山猫》、《国王与死神》、《榛子壳里的死神》、《当鸭子遇见死神》、《我永远爱你》、《再见了，爱玛奶奶》、《活了100万次的猫》、《小鲁的池塘》、《外公》、《先左脚，后右脚》、《爷爷的天使》、《大象的算术》、《在森林里》）

对话ICU：生死两茫茫

王一方（以下简称"王"）：在我们今天这个技术崇拜的时代里，不仅"死亡是什么"需要重新定义，同时，"我们如何死亡"也在重新建构，当然，死亡的意义更需要重新诠释。简单地讲，死亡已经绑定医疗技术，尤其是器官替代与支持技术，从某种意义上讲，今天的死亡就是关机时间，抑或是停电时间，而不是生物器官或生命体的瞬间自毁进程，意念中的油尽灯灭（寿终正寝），宗教及民间传说中的阎王爷、上帝或者死神"吹灯"的时辰。您作为重症医学（ICU）专家，也作为有哲学情结的临床大夫，如何看待现代医疗技术对死亡的干预与意义重审？

席修明（重症医学专家，以下简称"席"）：重症医学科的确是生死桥头，它是现代医院建制中救助和维持生命技术含量最高的部门，在影视作品中，在无论是业界还是百姓印象中，它是一个"决生死"（技术）的地方，其实，这里也是一个"惜生死"（宗教）、"达生死"（哲学）的圣地。可惜，遵循效用主义的价值尺度，后者被遮蔽了，也就是现代医学的一个排他性现象，技术的气场（实用主义）太强，哲思（人文主义）的花朵难以自由绽放。

王："死亡是个体生命无法抗拒的归宿"，即海德格尔所称"人是向死的存在"（being towards death），后来被简约归纳为"向死而生"。其实，中国哲学家也常常讲"生寄死归"，既作为一个哲学命题，又作为一个医学母题，无时不在纠缠着人们。视死如归在传统文化里是一种安宁的存在，人们通过村头的葬礼学习接纳死亡，人人都知晓本体生命的归宿，那就是归天（田），那一天意味着黑夜到来，星空降临，和逝去的祖先会合，或归于大地母亲的怀抱（入土为安），无需反抗，欣然追随。然而，今天的技术打碎了传统的死亡文化，给予人们不断推迟甚至逃避死亡的理由（不知所终），于是，反抗（通过技术干预）死亡成为时髦。您作为 ICU 专家，认为应该如何把握顺应与干预（反抗）的张力？

席：在中国文化传统中有一种浪漫主义的企求，那就是"生生不息"，超级长寿（八百岁）的彭祖尽管是传说，历代帝王依然将他作为个体生命的榜样，长寿丹、不老泉一直是方术家忽悠帝王的法宝。对于百姓来说，过度眷恋生存的宣言就是那句"好死不如赖活"的格言，即使生命尊严、生活质量降到冰点也以"活着"作为个体存在的骄傲。诗人笔下称之为"苟且偷生"（无尊严、无德行的生活），能偷一寸是一寸，从某种意义上讲，ICU 技术就是一种"协助偷生术"（抢救的要害在"抢"）。假定的竞争者都是上帝或者死神。既然是"协助偷生"，前提还是必须接受和顺应死亡的自然事实的，干预总是有限的，有条件的，而不是万能的。ICU技术其实无力改变人类对于死亡的基本境遇，即无奈（无能）中寻求希望（偷生、抢救），这样看待死亡不是消极被动的，恰恰是一份豁达。

王：在战争年代与乱世，杀戮与牺牲频仍，人们对于生死似乎更豁达，舍生赴死、杀身成仁是一种英雄气概，砍头不过碗大的疤，十八年后又是一条好汉，宁要重于泰山的死，不要轻于鸿毛的生。而在技术主义、消费主义盛行的世俗社会里，生死不再是壮士豪情，也不是与生俱来的命运安排，而是可以超越的技术沟壑，死亡命题有了与上帝讨价还价的弹性空间，死神既害怕新技术，还爱钱财，死亡的降临（鬼门关）可以随着技术进步和支付水准人为地掌控与任意推延。于是，人们对于生死的达观变得暧昧起来。

其实，我们讲生命神圣，包含两重意思：一是生命无比圣洁，二是生命的历程神秘莫测。生命之花如此美丽，又如此凋零；生命之火如此炽热，又如此微弱；生命力如此坚强，又如此脆弱；人类生命如此伟大，又如此渺小。因为神圣，才会有对生命的敬畏。我常说：尽管医学有新知，有奇术，但生命总是无常（生存的不确定性，偶然性），虽然疾病可防可治可救，但生命的进程绝对不可逆。现代医学如此昂扬、自信，如此无力、无奈，究竟是道高还是魔高，无法言说，"膏肓"之幽，"命门"之秘，无法抵达。生命不过是一段旅程，肉身无法永恒，死亡是肉体生命的归途。

席：人生本是一条单行道，途中也会有若干类型可以选择，譬如赖活好死，好活赖死，赖活赖死，最佳的境遇当然是好活好死。人类好活（乐活）的研究很多，有专门的学问，叫"幸福课"，赖活也有人研究，叫"苦难课"，相形之下，好死（乐死）的学问比较冷僻，有人起名叫"优逝课"，生活中，"不得好死"是毒咒，一定要研究，就应该叫"劣逝课"。

我所从事的重症医学专业要时常面对死亡，不是纯粹思辨地面对，而是技术（也包含哲学姿态）地面对。40年来，危重症治疗技术的进步巨大，但 ICU 的病死率仍波动在 6.4%—40% 之间，美国每年死亡的病人中大约有22.4% 死在 ICU。毫无疑问，临终关怀（对逝者）、哀伤关怀（对亲属）是我们的日课，因此，我们必须探究"好死"的文化约定。在欧美，它包含六个要点：一是指无痛苦的死亡（Pain-free death），二是要公开承认死亡的逼近（Open acknowledgment of the imminence of death），三是希望死在家中，有家属和朋友陪伴（Death at home, surrounded by family and friends），四是要了解死亡，作为私人问题和事情的终结（An "aware" death—in which personal conflicts and unfinished business are resolved），五是认定死亡是个体的成长过程（Death as personal growth），六是讲究死亡应根据个人的爱好和态度做安排（Death according to personal preference and in a manner that resonates with the person's individuality）。

王：在中国，好死的另一种表述叫"善终"，大多为非病非伤（也包含部分病情不凶险的慢病）的可预知的自然故亡，没有太多的痛苦（只有衰弱）和急救技术介入，临终时节，亲人绕膝，诉说衷肠，爱意融融，交代最后的遗言，了却最后的遗憾，解开最后的心结，放下最后的心事。技术时代，这种景象不再，无论多么高龄故亡都是"因病抢救无效"，这不是一句讣闻中的套话，而是一种社会意识，"一切死亡都是病魔作乱的非正常死亡"（衰老也被界定为疾病，譬如阿尔茨海默氏病），都有抢救的空间，都应该借助技术的力量予以抵抗和阻断。再也没有圆寂，没有寿终正寝，唯有高技术抗争。救过来，皆大欢喜，救治失败，无限遗憾，人财两空的局面更是无法接纳与平衡，于是便很自然地归罪于医生的误治、失职，医学的无能。最为尴尬的是造就了技术支持下生存的植物人状态，欲生不能，欲死不甘，家人与社会投入巨大花费，而患者的生命质量与尊严低下，这就引出了"安乐死"（协助死亡）的话题。

在中国传统文化语境里，生死之别的优劣还发生在"速率"的维度，快速、流畅的词汇与感受总是乐事，譬如"快乐"、"快活"，死亡也是一样，最残忍的死刑形式是"凌迟"，让受刑者缓慢而痛苦地死去，此时，他的最大愿望是速死，恳求刽子手给他致命一刀，让他痛快地死去。在技术时代，各种器官替代技术维持着许多衰竭的躯体，使死亡过程人为地拉长，这种意境无异于技术凌迟，因此，巴金先生最后的遗言是："长寿是对我的折磨。"

无论"好死"还是"善终"，都没有技术强力介入的约定，只有无痛诉求上有技术干预的空间，更多的内容是自主选择，如在家死亡（场所），尊重个人意志和偏好（方式）。一味对死亡的接纳与死神的姑息，却少了战争模型、替代模型的抗争。疾病的圣境：膏肓（膏之上，肓之下，药力不可及）传达了一个职业的隐喻，有限的现代医疗技术无法在疾病、健康领域全知全能，也无力逆转生命进程。我们永远也无法包治百病，能做的事情是善待百人，情暖百家，抚慰百心，安顿百魂。

席：危重医学里处处都是生命的玄机，譬如"危在旦夕"，表示时间紧迫，病情凶险，意味着救在旦夕，不容迟疑；又譬如"气若游丝、命悬一线"，喻示着生命脆弱，需要细心呵护"丝"、"线"；还有"多米诺骨牌，一触即溃"，意味着前程险峻，需要控制危险的触发因素，悉心保护"扳机子"；"险象环生"，暗示着身处复杂性危机，需要统筹兼顾，化险为夷；最常用的比喻是"与死神掰手腕（拔河）"，表明病情仍处在十字路口，存在向好、恶化的两种转归，一切救治都是姑息待援，期待拐点，挽危亡于既倒，绝处逢生，创造奇迹。

临床救助中，我们时常面对三重困境：一是无计可施：现行技术不够完备，对于一些绝症、危症无法提供有效的解决方案，回天乏力。二是有技难施：情况复杂，无从下手（多器官衰竭，无法承受的副作用）。三是有技误施：误诊误治，加剧病情，或失治，错过了最佳时间与路径。因此，再高明的大夫也必须知敬畏，而后知进取。

王：死亡，最终意味着技术的撤出，撤出前或许应该做最后的顽强抵抗。置之死地而后生（强行掉头），令假死逆转，但是，最后的结局一定是顺应死神，弦断琴殇，香消玉殒，恰当时机放弃救助，甚至在特定的情形下协助死亡（安乐死），适时转入临终关怀，哀伤关怀，安顿逝去的亡灵，安抚生者的惆怅。因此，医学本质上是一门哲学，是一门直面生死、痛苦的价值论哲学。

席：是的，我们要叩问：ICU 的价值与使命究竟是什么？美国胸科学会认为有三：一是当患者受到急性危重病或损伤或外科术后并发症威胁的时候，应当保护和维持病人的生命，生命的意义在于个人对生命质量的评价，应尊重患者的意见；二是 ICU 患者危重病情缓解后，应提供专业的康复治疗；三是姑息，当 ICU 患者病情过重，无法挽救生命时，应做出终止生命支持的决定，让患者无痛苦、有尊严地离开，而且这一过程越短越好。ICU 应当提供富有同情心和体贴的死亡照料，避免患者和家属在最后时间遭受更多痛苦。美国麻省总医院将治疗分为四个等级：一、毫无保留的全力治疗，二、全力治疗但每天评估病情，三、选择性地限制生命抢救治疗，四、停止全部治疗。此时，无论患者、家属（代理人）、医疗团队都面临着继续维持还是撤离的艰难选择，生命质量与治疗前景是主要考量，其次是临床伦理考量。在中国，由于医疗保障类型的差异，还会有经济支付的考量（为生者留下沉重的经济负担），应该由谁来做出决定呢？ 1990 年美国危重症医学会（SCCM）和美国胸科学会（ATS）先后发表了两篇标志性的文件，有两个基本原则：一是当 ICU 医生确认治疗无益时，应当允许停止全部治疗；二是病人和病人的代理人有权决定治疗。事实上，撤离生命支持的技术与伦理准备工作必须非常周到，包括健康或清醒状态下签署的"生命预嘱"，急救现场家属意见的书面文件，遵照这些具备法律效应的文件指令终止常规的化验和放射检查，终止无益的治疗（包括心肺复苏），为避免患者痛苦，只实施持续镇静和镇痛，药物剂量没有限制。撤离呼吸机的同时保证患者没有痛苦，要制定撤离生命支持的指导原则。当患者出现不适的症状时，可以采用逐步减少支持治疗，如撤离抗生素、肠外营养等。

王：在西方的影视剧中，常常有这样的场景，弥留之际，医生与家属会商之后对着镜头说："他（她）累了，需要休息，别让他再受罪了。"其实，这份放弃的背后各方承受着巨大的心理冲突和压力。首先是医学的职业尊严，传统医德约定了医生救死扶伤的神圣使命，绝不放弃任何一丝希望的执著信念（"1% 的希望，100% 的努力"），却未曾约定无救治希望，病人或亲属主动请求放弃救治的情形下如何抉择，医生实在不忍接受放弃抢救的生命预嘱（意味着战场上的缴械投降）；其次是亲人离别时的浓浓依恋之情，传统孝悌文化的内在牵拉，家属也很难做出或接受撤离治疗的决定，即使他们也是医护人员，也会被传统约定与世俗惯性所裹挟。然而，无谓的救治根本不能逆转衰竭的生命，只会给他带来身心的痛苦。李叔同弥留之际留下的绝笔"悲欣交集"，表达了逝者的豁达，诀别之际，不只有悲伤，还有欣喜，终于解脱了，放下了俗尘纷扰，跨过一座桥，去远方云游。相形之下，医者的生死意念显得那么狭隘，那么自私（不惜一切代价，不尊重患者的意愿实施救治是伦理断裂语境下的自保策略，本质上是自私的）。当然，道德和伦理层面的困境是，是否应该走出传统约定，顺应病家的诉求与尊严，放弃无谓的救治，转向安宁关怀。在法律层面上，如何规范生前预嘱的法律框架和路径，为尊严死提供空间和渠道。

席：在现行医学伦理格局之下，那些针对尊严死（自我选择、无痛、自然、免干预）的既先锋又传统的观念和路径探索还需要时间，当务之急是要在临终关怀中设计出灵魂与肉体"复活"的心理仪式，刻意诗化、幻化死亡过程，要尽可能避免用"永别"、"死去"等唐突的词让逝者和家人感受到顷刻间天人两隔，譬如，让逝者在儿孙（或最疼爱的后代）拥簇下离去，在幻觉中感受到自己的生命在子孙身上"转世"（香火传递），放弃救治时对家人的告知："他太累了，要休息了。"实现心理上的柔性接纳。或者邀请家人中途进入急救现场倾情呼唤（发泄与接纳），其后再实施一轮复苏程序，才协商式地告知："他睡着了，想去安静的地方好好地睡睡（小眠过渡到寂静长眠），不希望别人打扰他，我们就由着他吧。"甚至用类似宗教的语言告知："他安睡了，他的灵魂已经飞向天国（天堂）。"然后，在安抚中缓慢启动离别仪式，建构亲人的肉体虽然离去，但灵魂正在复活的心理缓冲机制。医学现代化在治疗疾病和延长生命的同时对人们的生活产生了重大影响，医学化（Medicalization）的出生、死亡、美丽和性（计划生育、死在医院、美容和性工具），使我们远离自然的生存状态，现代化对生命的解构使我们进入后现代社会，太多的关注功利，太多的关注肉体。让我们回归自然，回归精神。

王：是啊！此时此刻，医者的言谈举止，情绪流露，每一个细节都流淌着心灵安抚的意义。或许，会有人质疑医生的身份泛化，无形之中在充当着牧师的角色，不错，在一个缺乏灵魂皈依（宗教）氛围的社会，医生的确别无选择，需要承担患者与家属身—心—灵的安顿义务，尤其在弥留之际，在生死桥头。我们需要走出技术万能的魔咒，因为机器意志（工具理性）永远也无法取代人性的甘泉，不仅 ICU 如此，整个人类医学都如此。

泰戈尔的生死彻悟

印度诗人泰戈尔（1861—1941）是中国人眼里最友善的外国人，他于1924年来华讲学，深受各界人士欢迎，并与梁启超、胡适、徐志摩等文坛巨子结下深厚的友谊，梁启超还特地为他取了"竺震旦"的中文名。他的诗集《飞鸟集》无疑是"五四"后新诗风行的活教材，他质朴睿智的思想，清新自由的诗风令中国诗坛为之倾倒，许多文人由此放弃了传统诗词韵律工整的辞章雕琢，转而追求思想的瑰丽与深邃，任胸臆自由抒发，纵笔下无韵哲思。

泰戈尔的诗作中有不少宏阔沉重的大主题，譬如"死亡"，其基调坦荡、豁达、超然，隐含着印度哲学、宗教的智慧，也映衬了他不平凡的人生轨迹与生命体验。尽管泰戈尔一生名满天下，曾荣膺诺贝尔文学奖，是亚洲获得此项荣誉的第一人，但却命运坎坷多舛，他活了80岁，接二连三经历了中年丧妻、失子的别离之痛（他23岁时结婚，生有二子三女，于30岁前后，长女、次女相继夭折，幼子殇亡，妻子也逝世了），晚年依然是孑然一身的鳏夫，独自徘徊。因此，他对于死亡的诗作不是苦吟哀怨，而是生死彻悟。

中国读者最熟知的是他的生命宣言："生如夏花之绚烂，死如秋叶之静美。"泰戈尔笔下"夏花—秋叶"的隐喻，一反中国士大夫"春花—秋月"的良辰美景的虚幻，展示了生命两极的强烈落差。生之神奇与死之圣洁，生命因为绚烂，所以静美。何以绚烂，许多人的理想是爱得轰轰烈烈，惊天动地，至死不渝，泰戈尔也是。然而，人世间，生死爱痛总是结伴而行，因此，泰戈尔相信："燃烧着的木块，熊熊地生出火光，叫道'这是我的花朵，我的死亡'。"他曾经发愿："让死者有那不朽的名，让生者有那不朽的爱。"即使未能不朽，也能自满于爱的滋润，"当我死时，世界呀，请在你的沉默中，替我留着'我已经爱过了'这句话吧"。他幻想在生命的弥留之际，对相爱的人说："我相信你的爱"，让这句话做我的最后的遗言。

其实，泰戈尔心中的死亡意象是丰富的，并非只是静美，是终止，是简约，是归一，还是轮回，是丰腴，是激越，是无穷，他预言："我将死了又死，以明白生是无穷无尽的。"是"死之流泉，使生的止水跳跃"。在这里，生是一潭止水，死是奔涌的流泉，是死激活了生机。在泰戈尔那里，"死亡像大海不歇止的歌声，日夜冲击着生命这座光明岛的石壁"。一方面，"在死的时候，众多合而为一，在生的时候，一化为众多"；另一方面，"我们的生命就像渡过一道海峡，我们都相聚在一条狭小的舟楫上，死时，我们便到了岸，各往各的世界去了"。人的生命或终止于衰竭，或止步于圆满，"终止于衰竭的是死亡，但圆满却终止于无穷"。

无疑，生命是向死的旅程，因为死亡使得生命有长度之憾，但却也增加了厚度、丰度、温度与澄澈度，使灵魂得以洗濯和提升。泰戈尔认定："死之印记使生以货币般的价值，使它能够用生命来购买真正的宝物。""死文字的尘土无时不在粘着你，用沉默去洗净你的灵魂吧。""我们将有一天会明白，死亡永远也夺不去我们的灵魂所获得的东西。"

死亡塑造我们的苦乐观，恰恰因为"我曾经受苦过，曾经失望过，曾经体会过死亡，于是我以我在这伟大的世界里为乐"。长寿也不值得窃喜，因为一个人的长寿并非是上帝或佛陀的恩赐，而是"我的未完成的过去，从后边缠绕到我身上，使我难以死去，请从它那里释放了我吧"。此时，死之解脱才是生命的释重，才真正归于自由。

徐志摩：作别的不仅仅是康桥

　　徐志摩的《再别康桥》最初发表于 1928 年 12 月 10 日《新月》月刊上（后收入诗集《猛虎集》），1920 年 10 月至 1922 年 8 月，诗人曾游学英国，此时期他热烈地追求心中的偶像林徽因，留下一道深深的情感印痕。1928 年秋，徐志摩再次到英国，重游康桥之后在归国途中写就了这首佳作，后来成为中国新诗的典范。诗歌诉说了诗人对游学地的深情惜别，也隐含着对昔日情侣的无限眷恋，诗作柔美幽怨、清新飘逸、意象奇诡、韵律优雅，既有中国诗歌的钟灵隽永，又有英国诗歌的曲折俏丽，该诗起于"轻轻"，终于"悄悄"，其间铺陈的是昔日物象与时光际遇的心灵抚摩。一向行事热烈、爱恋张扬的徐郎，此时却充满了神秘的宁静，笔下流淌着自然寓意的述说。细细琢磨，当年徐志摩内心里作别的不只是人生驿站的康桥，而是在作别无限倦意的生命。那一年，徐志摩刚满 31 岁，意气风发的他本不该有倦鸟归林之心，对青春、对生命心生倦意，但此时离他 1931 年因飞机失事遇难仅仅三年，诗中的生命作别意象难道是他日后遭遇意外的预告？还只是将岁月中的短暂离别羽化成为生命的沉重转身？似乎是一个永远的谜。

《再别康桥》诗歌不长，仅十四行——

轻轻的我走了，正如我轻轻的来；
我轻轻的招手，作别西天的云彩。

那河畔的金柳，是夕阳中的新娘；
波光里的艳影，在我的心头荡漾。

软泥上的青荇，油油的在水底招摇；
在康河的柔波里，我甘心做一条水草！

那榆荫下的一潭，不是清泉，是天上虹；
揉碎在浮藻间，沉淀着彩虹似的梦。

寻梦？撑一支长篙，向青草更青处漫溯，
满载一船星辉，在星辉斑斓里放歌。

但我不能放歌，悄悄是别离的笙箫；
夏虫也为我沉默，沉默是今晚的康桥。

悄悄的我走了，正如我悄悄的来；
我挥一挥衣袖，不带走一片云彩。

开篇，诗人用了三个"轻轻的"述说作别母校的离情愁绪，营造了一种宁谧的基调，随后把自己对康桥的无限遐思淋漓尽致地抒发出来。诗人的康桥无不包含着诗性。西天的云彩，河畔的金柳（在古诗里"柳"通"留"），软泥上的青荇，榆荫下的清泉，星光斑斓的夜色，沉默的夏虫，一一都人格化了。婀娜多姿的翠柳被夕阳染成灿烂的金色，宛如戴着红盖头的美丽动人的新娘，把他带入昔日爱恋的幻象之中。诗人完全沉醉在诗画交映、亦真亦幻的黄昏美景中，他甚至甘愿做一条水草，让自己的生活永远定格在康河柔波的爱抚中。

诗人在康河流连忘返，夜色降临仍不忍离去，他撑一支长篙，向青草更青处漫溯，在星辉斑斓的康桥夜色中泛舟寻梦，最宜放歌时诗人已无心放歌，夏虫为之沉默，沉默是今晚的康桥！一切都在不言中，最后引出"悄悄的"心绪。诗人带着眷恋、惆怅，在沉默中悄然离去。人生又何尝不是这样落幕、谢幕。

诗人的人生永远浸泡在"生死爱痛"、"永恒与瞬间"的咸水之中（1927年，他的爱情梦想又一次破灭了，与新欢陆小曼之间不和，热烈归于消沉），一次次始于"有梦可寻"，高潮处大凡都是满载着"一船星辉""纵情放歌"，最终必然会归于沉默（死之寂静），宁静无波。"云彩"是徐志摩最后的意象，喻示着一切美好的物象都是幻觉，不能带走，也无须带走，来也悄悄，去也悄悄，坦然静默是最高境界的明澈和自由。

史铁生：有一种死亡叫优雅

　　2011 年 1 月 7 日，在《我的死亡谁做主》的新书发布会上，凌锋大夫深情地诉说起了史铁生的死。此时，离他去世刚刚一周。

　　2010 年 12 月 30 日傍晚，史铁生静静地平躺在朝阳医院急诊区的手推板床上，呼吸微弱，命悬一线。下午，他做完例行透析，回家后突发脑溢血。旋即送至离家不远的朝阳医院。晚上 9 点多，凌锋闻讯赶来，轻轻翻开史铁生的眼皮，发现瞳孔已经渐渐放大。环顾四周，一片纷乱，于是，凌锋迅速联络，将史铁生转到宣武医院的重症监护室（这里有全北京最先进的急救设备）单间，一个安静的环境。作为有丰富颅脑外科急救经验的临床教授，她将预后告知了史夫人陈希米。没有太多的解释，陈希米告诉凌锋，放弃一切介入性的急救举措，平静地签署了停止治疗的知情同意书。陈希米告诉凌锋，这不是她即兴的决定，而是史铁生生前郑重的预嘱。他们夫妇在一起的日子里，不止一次地讨论过死亡，安排如何应对死亡，处置遗体。

　　根据我国人体器官捐献管理的程序安排，凌锋联系上协调华北地区器官捐献的天津红十字会，陈希米郑重地签署了捐献肝脏和角膜的文件。"铁生讲过，把能用的器官都捐了。"她还告诉凌锋：轮椅生涯几十年，铁生很想知道他的脊椎究竟发生了怎样的病变。

此时，铁生的呼吸越来越微弱，然而，他硬是坚持到天津红十字会取器官的大夫赶到，才舒缓地呼出最后一口气，以便让每一个捐献的脏器都处在血液正常灌注状态。凌锋大夫不由得感慨，铁生真坚强，真配合。在庄严肃穆的气氛中，所有在场的医护人员在安魂曲中向铁生鞠躬，致以最崇高的敬意，然后虔诚地取出他捐献的器官，认真、细密地缝合好躯壳，整理好妆容。器官被火速送往天津，那里，接受移植手术的病友及手术团队正急切地等待着……9个小时后，铁生的肝脏、角膜在两个新的生命体中尽职地工作，铁生的生命依然在欢快地延续。

凌锋教授的故事讲完了，全场陷入一片静穆。

在场的卫生部副部长黄洁夫教授是一位肝脏外科专家，也是国内著名的器官移植专家，他深知由于活体器官供给的匮乏，贻误了一大批完全可以通过移植手术重新获得生命活力的病友。于是，他十分动情地说：史铁生23岁就下肢瘫痪坐到了轮椅上，无法像我们一样站起来生活，但是，他的死让他高高地站了起来，而且站到了中国人的道德高坡上，我们全体医务界要向他致敬。

在医疗技术，尤其是急救技术几乎登峰造极，消费主义甚嚣尘上的今天，死亡就是关机时间，就是停电时间，金钱加心肺复苏术、人工心肺机、肠外营养可以让植物人延续生命若干年，而这种插满管子的生命延续不仅充满着痛苦（无异于技术凌迟），生命缺乏尊严和质量，而且大量消耗社会资财。据统计，人一生中的医疗花费，八成用在死前一个月的救治中，最终依然是充满痛苦、无奈地离去。难道我们不应该反思死亡的方式吗？

史铁生的死是一个示范，我们完全可以像他一样坦荡地、从容地、诗意地、利他地死去，而不是惶恐地、焦躁地、慌乱地、凄惨地踏上生命的归程。李叔同圆寂时曾经留下绝笔"悲欣交集"，它如同夜幕降临，送走落日，迎来星辰。在《相约星期二》中，莫尔教授告诉他的学生，死亡不过是走过一座桥，到远方去旅行，肉身是无法永恒的，永恒的是人类的精神和爱。

史铁生的作品里浸透着人类的精神和爱，他将与日月星辰同在。

渴望"猝之死"

近一段频发早搏，被医生劝阻放弃坚持了二十多年的健身房作业，理由是有可能发生"猝死"。这一下倒让我认真地思考起死亡的方式来，左思右想，"猝死"这种方式实在不赖，恰好有编辑来约稿，便随手写下"渴望猝死"，但转念一想，朋友、同事、家人闻知，会疑我有轻生倾向，至少不那么珍惜生命，于是，换成更加准确的表达："渴望'猝之死'。"

人类死亡通常是一个不舍、难舍、恐慌、恐惧的过程，美国心理学家罗斯在《论死亡与濒临死亡》一书中将这个过程细分为五个阶段，分别是"拒绝—愤怒—挣扎—沮丧—接纳"，其基线是死亡恐惧，为什么会徒生恐惧呢？源自"生的眷顾"、"过程痛苦"、"来世神秘"。猝之死则将这个过程大大地简化了，飞速跨过鬼门关，几乎来不及拒绝、愤怒、挣扎、沮丧，就瞬间接纳了，恐惧之云还未笼罩眷恋之情，过程咀嚼、来世想象都不曾展开，就飞身遁入一个新的灵境之中，十分的干脆利落（被侠客称为"大快活"）。

猝之死的第二大优点是可以逃脱"技术凌迟",这样说话实在是对现代急救技术的不恭,以及对生命替代技术、特别护理单元(ICU)的嘲弄。对生命终末期患者,以及坦然、豁达接纳死亡的人来说,这样的抢救技术的发明无异于把渴求快乐善终的人推上技术凌迟(慢死、不得好死)的刑架,长时间全身插满管子的艰困求生,依赖人工器官、肠外营养维持的存活,实在不值得留恋,延长没有品质、缺乏尊严的生命无异于延长痛苦,植物人状态(不死不活)地技术化"偷生"造就了新的亲情危机(久病床前无孝子,将后辈有限的生活资源无端奉献给无谓、无底的苟延残喘),人为地延宕了别离之愁与哀伤之苦。猝死的毅然决然恰恰移走了煎熬逝者与亲人的熔炉,让生命之花归于自然的进程有了欣快的休止。

夜色笼罩,仿佛生命被抛入黑暗,人在黑暗中,思绪常常会更加活跃,惦记着渴望猝之死的宣示。一个蜉蝣般的生命在终点时分无需盘桓,不再徘徊,以猝之死来应对,看似有几分豪迈,其实难掩心中的忐忑感与戚戚然。如同功课不甚过硬的学生希望速考去赌运气,渴望猝死的意念是另一种怯弱,一种假豁达,伪坦荡,实质上在刻意回避死亡的美学境遇,静卧病榻,默默读秒,迟迟地迈向死亡的谷底,分明是一场结束痛苦,告别肉身,爱的凝定,极致冲刺,否决自我,映证心迹,回归圣洁的灵魂涅槃。死是人生最后的归途,又何妨进程快慢,还是应该顺应天意,快亦坦然,慢亦翕然。

　　此时，我想到辛格，她是一位临终陪伴医生，在陪伴过数百位临终病人之后，给我们奉献了一本不同凡响的书《陪伴生命》，书中记述了她的观察和感悟。陪伴是一份咀嚼，通过灵魂的咀嚼，她认识到死亡是深刻的，死亡是更高的能量渗透生命的时刻。诚然，临终陪伴的体验是珍贵的，她感觉自己被超越个人的巨大力量所撕裂，也感受到无限的慈悲与智慧。通过临终陪伴，更多地理解死亡，对生命旅程的认知也更加深刻，我们的生命变得更大气，更完整，更开阔，也更真实。很显然，庄严神圣的陪伴不是置身事外的观察、想象和自我诠释，而是与病人同在，通过对话更加懂得病人，对病人的苦难有一种深度的共感。

　　辛格叮咛我们，死亡是一个肉身与自我感崩解消融，逐渐转向内在灵性的过程。内在灵性可能展现出别样的生命品质来：这种品质包括空灵的圆满，无边的浩瀚感，不受拘束的自在感，内在的光芒、安详、慈爱和一种可以与他人分享的神性。可归纳为：放松感、退出感、光明、内在性、静默、神圣、超越、知悟、融合、体验圆满。对于未经历这个过程的生命个体难以言说，是一份满溢的恩宠，是一次惬意的灵然独照。

　　这才是大豁达，真坦然。

第三辑

读书寻乐

该死：内衣拉锁卡住了

　　新婚夜，处子身，男女主角情倾色迷，移干柴、遇烈火之时，发生了该死的"内衣质量"事故，拉锁卡住了。此时，照好莱坞导演的套路，一定是表现男主角野性或女主角风骚的绝好时机，于是，男女主人公的情欲在施虐与受虐中炙热、燃烧，制片主任绝不会吝啬品牌内衣，多撕碎它几条也无妨，一场飘红的票房就会迅速弥补回来。然而，在小说《在切瑟尔海滩上》里，作家麦克尤恩没有沿着好莱坞的俗套往前走，拉锁不仅卡住了，而且还彻底卡"死"了，一场情欲大戏戛然而止，"色"迅速滑向"空"。

　　男女情缘，人类性爱，原本有"柏拉图"（魂迷）、"弗洛伊德"（欲张）、"法西斯"（虐变）三境，交相更迭，几多曲折，然而，茫茫情途，在当今的文学与影视作品中，如今只剩下一团"欲火中烧"，似乎情郎刚服过"伟哥"（威尔刚），幺妹刚服过"避孕药"（无忧丸），只欠那场"床戏"来显威（药力）了。男女情缘永远是西班牙狂欢节上的穷"套路"，男人永远是"公牛"，女人永远是"红披肩"。不过，麦克尤恩执意要绕开这个"僵局"，写得跟别人"不一样"。

这个故事的确与他人不一样。新娘弗洛伦斯是一位"美丽动人，聪明得叫人敬畏"的女子，能"让一根空弦发出温暖的声音"，新郎爱德华虽然刻意表现出绅士做派，骨子里依然有些"愣"，此时正"魂不守舍"，渴望顷刻间降临的"巅峰体验"。然而，在他与她的内心深处，正滋生几丝不合时宜的"初夜焦虑"，如同两位陌生的舞伴，未曾一起排练过，却要求临场发挥，默契表演一场精彩绝伦的"探戈"，不祥的预期悄悄爬上心头。新郎对恼人的"早泄"的恐惧，像乌云一样积聚，其实它不过是兴奋过头的副产品，是紧张无措的伴生物，而新娘对"处女"突破的揣摩早已在心扉抹上痛苦的色彩和胃痉挛的臆想，无法排遣的"距离感"、"不洁感"、"强暴感"一股脑儿地袭来，于是便让"一次亲密的鱼水之欢"的期待变得异常沉重起来。爱的盲目与糊涂被不合时宜的清醒与精明所消解，男女交媾的"欢乐"闪身变成了婚姻承诺的"代价"。

忍不住要将镜头回放一下，恋人弗洛伦斯与爱德华虽然相亲相爱，却不曾共用一部"爱情词典"，迥异的生活空间（双方门户悬殊）造成他们"情欲共同体"的背后一开始就缺乏丝丝入扣的精神焊接，"价值共同体"始终没有建成与夯实。在新娘弗洛伦斯那里，爱似乎不是又热又潮的激情，而是温暖和深邃，这位第一小提琴手总是"仪态万方"，却不擅"风情万种"；总是"温文尔雅"，而不识"野花狂蜂"。她的确喜欢搂着他，也喜欢任由他那壮实的手臂搂抱，她喜欢被他亲吻，却不乐意让他的舌头伸进她嘴里。——难道这份"教养"与"保留"会成为一道符咒吗？同样，在新郎爱德华那里，历史系的课程诉说了战争、叛乱、饥荒、瘟疫，讲述了第三帝国的兴衰，理性的阐释，却没有教会他"感染"拿破仑式的率性与风流。他"读"过弗洛伦斯丰满的臀，"吻"过她不太丰满的乳房，却不曾超越历史的宁静。

面对"卡住的拉锁"，原本爱德华是可以"撒野"的，但是，此时此刻，实在不是"动粗"的时候，切瑟尔海滩上奢华的维多利亚式旅馆（作者坦言完全是虚构的），刚刚在婚礼上极度克制，仍然因社会地位悬殊而格格不入的男女亲家，还有在相恋期培育的"腼腆即教养"、"含蓄即性感"、"羞涩即纯洁"的条件反射，于是，新郎的"贼心"、"贼胆"、"贼勇"统统被压抑、悬空起来了。因此，新娘腋下卡住的拉锁注定是拉不开了。

这场有些冷、有些荒诞的"拉锁风波"告诉我们：性感的压抑与悬空源自社会（政治、经济、文化）身份的确认，以及由此派生出来的性角色扮演，也就是说，每个人都在扮演着与自己社会身份相符、相称的性角色。于是，在社会阶层（阶级）区隔分明的英国，造爱不是情欲的奔流，而是社会角色的对号入座。如同焦大怀里搂着林妹妹，也不可能有情投意合的鱼水之欢。

多情善良的读者实在不忍心新郎新娘洞房花烛夜窘困分手，然而，麦克尤恩打定主意要将一场情色游戏转变成为婚床上心理悬空的灰色荒诞，几头牛都拉不回来，执意要跟读者闹别扭。其实，生活是两面坡，有床前的无限遐思，床头的激情荡漾，一定也有床尾的心猿意马，床下的无限惆怅，躯体交媾的"颠鸾倒凤"（欲望奔涌疏泄感的获得）常常被灵魂的若即若离（精神融合美感的缺失）所对冲，这便是灵与肉的永恒不谐，只是在麦克尤恩笔下更加戏剧化了。一部激情的"上床学"还未尽兴，半部惆怅的"下床学"又舒展开来，虽然有些"闷"，但这恰恰是麦克尤恩的过人之处。如果换上渡边淳一郎，一定会廉价地满足读者的窥想欲，将"婚床"变成陌生交往的"One night stand"（陌生人之间的"一夜情"，或者朦胧诉求下的某次意外"欢娱"，以此来卸除复杂、沉重的社会身份枷锁），或者干脆是"蛮性"的故事，如小说《雁来红》中的女主角冬子，因为被强暴者欣赏而重新获得久违的快感，随之重新发现自我的"性"能，继而释放压抑多时的少妇情欲。这种场景通常是没有"下床学"的篇章，自然也无须什么"性与阶级"的复调叙述。当然，换上中国女作家六六（代表作是《双面胶》），情投意合、性爱如胶的小两口因为长辈老人（以及繁复的社会角色和责任）的闯入而生出万丈愁丝，甚至转"爱"为"恨"，酿"愁"成"仇"，以"死"来断缘。有人说六六这小女子"心太狠"，下得了如此的痛切之笔，其实，她不过是麦克尤恩更收敛、更徘徊的文坛同党。

　　人类的婚（性）床很大，床上的"被子"也很宽（好莱坞总是掀开被子，或者干脆拿掉被子，其实损失了不少性的想象和美感），"被子"里演什么戏，实在难以尽言。只是读者不要太注重"被子"里头的"小戏"，而忽视"被子"外头的"大戏"，这大概是麦克尤恩想要告诉我们的。

（《在切瑟尔海滩上》，伊恩·麦克尤恩著，黄昱宁译，上海译文出版社 2008 年版）

坐怀乱否？

当下，"性"的话题很热闹，出版物也多，品位各异，趣味杂陈，一条路循的是自然、社会与医学的说理（有性教育之功）路径，所谓"Sex"（性）之途，一条路走的是文学、美学、艺术与色情形迹的意乱淫迷，所谓"Erotic"（情色）之途。也有冠以"Sex教育"之名，夹带些"Erotic吟韵"的"杂拌儿"，"素"面"荤"里。后者让现代道学家们（与传统道学家相比，有了容忍Sex教育的雅量）犯愁，"举报"、声讨起来不易掌握"政策"。本文则反其序，"荤"入"素"出，也测试一下现代真假道学的批评"尺码"。

话头从一则历史传说牵出，那就是成语"坐怀不乱"。

"坐怀不乱"的故事（其实是一个案件）讲了三千年啦，没有人对其"案情"产生过异议，十分难得。故事说的是春秋时代，有一个叫柳下惠的鲁国男子夜宿城门，偶遇一女子（品貌不详），夜深天寒，为助人御寒，柳下宽衣拥女子于怀中，仍心如古井，方寸未乱，秋毫不犯，被后世引为坚拒女色的楷模。

不过，这个传说所记载的"案情"不可深究，一旦认真计较起来，也并非无隙可寻，完全可能被后人质疑。其一，当质疑柳下先生是否诚实，由于缺乏旁证，仅凭柳下先生一面之词，不可定论，为保证典型人物的真实性、严肃性，必要时可考虑使用最新型号的测谎仪；其二，当劝柳下先生去检查身体，是否有荷尔蒙水平低下的情形，本该是移"干柴"遇"烈火"的事情，为何燃烧不起来？道德的力量虽强大，但无法完全扫平生理法则，应检查"柴"是否"湿"，"火"是否"衰"，兴许是欲犯不能，便干脆不犯，以赚取正人君子之名，其实，非不为也，实不能也，不是"伪"君子，也是"败"君子；其三，应质疑史官，这女子应有的名誉、权利未得到平等尊重，姓甚名谁？何方人氏？要上历史的光荣榜，应该两人都有份，为何只让你柳下一人流芳千古？且夜黑之时被柳下先生拥入怀中，是否事先征得这女子同意，这"乱"与"不乱"，不能听凭柳下一人安排，女子应享有一半的权利，若是这女子主动投怀，有意以身相许，欲图个一夜风流，就得算柳下先生不解风情，逞不得什么英雄；若是这女子不允，柳下强迫，便有猥亵良家女子之嫌，当报官查办。寒夜难熬，人之常情，仅为取暖，生火最佳，因为正常体温若是没有情欲之火的掺入不足以暖己，更无力暖人。

一个历史上的陈年旧案，一个千百年来的典型人物照这么胡乱一审，仍破绽百出，收不了场。这现实世界生鲜活泼，情爱情色、爱情色情之类的疑团便更加纷乱了，一纷乱就令人烦，一烦就会有人生气，先捶胸，后顿足，三长叹，人心不古，江河日下，覆水难收啊。然而，光生气不行，咱得寻找这历史、社会、文化、心理的"扳机"何在，研究这"扳机效应"的形成与机理才是。在这里，咱不去追究枝蔓，只寻大"关节"。不行，这"性"（形）而上也太莫测，应少说，只能多聊聊这"性"（形）而下的"风景"。不过，即使是"性"而下，也是"一部十七史，不知从何说起"。医学史离我最近，就先说它吧。

话说这20世纪的医学史，有两项"裤裆里的革命"改变了我们的生活秩序，一是避孕药（女用）的发现，二是伟哥（男用）的发明。要命的还不是它们被科学地发明与发现，而在于被迅速地商业化，广泛地市场推广。说起来也公平，解放情欲，男女武器各一，但对于造物主法则的颠覆意义，避孕药似乎要更深刻一些，因为在造物主（不是什么超自然的神秘力量，而是某种看不见的自然意志）那里，性的快乐是与生殖义务捆绑在一起的，人类要繁衍，生殖是手段，但生殖的过程，养育孩童的过程，都必须承受诸多痛苦，支付巨大的生命代价，为鼓励人类的生殖行为，造物主便安排了有限的性的快乐（妊娠期与哺乳期女性的性欲走低），当然，安排是一回事，个人体验又是另一回事，因此，有人乐颠颠地浸淫其中，有人愁巴巴地游荡其外，但毕竟前者数众，于是，就有人动了念头，想改写造物主的约法，把性的快乐与生殖义务分割开来，让前者多一些，后者少一些（婚内情色者的主张），或者干脆就只有前者，没有后者（婚外情色者的主张）。他们总结出来的诸多理由都不错，挺有说服力，其一，人类已经走过了童年，应该有更多的自由选择权，包括性行为上的自主选择；其二，这个星球上人口太多了，要节制生育，防止人口危机的出现；其三，我们的生殖医学已经相当够水准，大致弄明白生殖调节的各个环节的机理与代谢物质，等等。只需一种神奇的药物的发明，就可以解开拴在"性的快乐"与"生殖义务"之间的这条绳索，走出桎梏，奔向解放，奔向自由。造物主似乎默许了人类的诉求，一切都像人类设想的那样，这种神奇的药物找到了，只是与其他内分泌调节药物不同，这种药物的原胚并不来自动物组织，而是墨西哥丛林的一种植物贝特根，用萃取的方法提纯出生产孕激素的原药沙泼基林，从而解决了实验室生产的问题，随后是由实验室到工业化生产，从动物试验到临床试验之间的艰难跋涉，这当中还有一位中国留学生常敏纯因"二战"爆发羁留美国参加了一部分重要的实验室工作。从1951年在兔子身上抑制排卵的成功到50位育龄妇女的避孕成功，又经历了4年。1955年10月，在东京举行的国际计划生育联合会代表大会上，研究小组宣布了避孕药的发明成果。1957—1960年间，美国联邦食品与药品管理局两次审批了商业化的口服避孕药伊诺维得和诺尔爵汀，由于来自宗教的压力，批准文件上写明治疗妇女月经不调，但功能一项又标出"本药品能使妇女停止排卵，同时可能增强性能力"。到1965年，这种仍然被称为"治疗月经不调"的黄色小药丸已经在育龄妇女中风行。在美国，受过大学教育、非天主教徒的25岁以下的已婚妇女中高达81%的人使用避孕药。更多的人"只为快乐而拥有性"。据一项调查报告显示，使用避孕药的妇女们每四周有10次性生活，比使用其他方法避孕的妇女高出25%（一种结果为37%），由此带来"女性在性爱上像男人一样自由了"。30年后，避孕药与妇女选举权一起被列为20世纪女性解放的两大标志。在一些女权运动者心中，女性解放就是性解放，或者可以反过来说，连身体情欲都不能自主释放，谈何女性解放。这就引出避孕药的社会意义的深入思考，也直接引发了后来（70年代初）的性解放运动。

神药"伟哥"的发明，又一次颠覆了造物主的法则，将男人性兴奋的"不应期"（指某些不能兴奋的生理间期）给"革命"掉了。其实，"伟哥"的学名叫喜多芬柠檬酸盐，片剂，是一种试验中的扩张冠状动脉，改善冠心病的新药，但临床实验进行了11年（1980—1991年），证明其疗效并不明显，当主持这项研究的英国医生特雷特博士沮丧地对他的新药志愿试验者宣布将终止这项研究，停止发放实验药品时，意外地遭到志愿者的集体反对，一位72岁的老翁指着自己的裤裆大嚷："它对心脏不起作用，却对这儿起作用。"原来，他服药后都会感到一种强烈的性冲动，消失多年的青春骚动再现了，于是，喜多芬治疗男性勃起障碍及启动性欲的功能浮出水面，药理学家最初推想它的作用是松弛肌肉，扩张血管，使局部供血加快，从而改善因冠状动脉硬化而导致的心脏缺血缺氧，缓解心前区疼痛，谁知这种期待落空了，该发生作用的地方没"戏"，不曾想到的器官却敏感地充血，膨胀起来。看来歪打正着，喜多芬的靶器官是阴茎海绵体，而不是什么冠状动脉。随后，经过7年的研究，一种现代春药"伟哥"横空出世了。

如同青霉素的发明为人类征服感染性疾病带来一次突破性进步一样，"伟哥"的发明也给男人的情欲世界掀起一场骚乱。按照纯医学的观点，一种药物的价值如何评估，取决于它的目标病人和疗效高低。据临床流行病学家推测，约10%的男人有这种难言之隐，这个比例远远大于传染病、肿瘤、心脏病的发病率，粗略估算，我们这个世界上有数以亿计的目标病人，还不包括老年性阳痿，以及那些性期待高涨，试图服药销魂找乐的诈病者。越想越邪乎，这种药的价值远远超出医学，它的意义首先是经济上的巨大市场。在美国，1998年3月27日"伟哥"通过联邦食品与药品管理局的审批，第一周，每天开出1.5万张处方，第二周每天开出2.5万张，第三周每天开出3.5万张，到第七周，每天达到27万张，创下了全球药物史的最新纪录。

神奇的医学发明与发现让男人女人们都如愿以偿了，几乎无须寒夜"坐怀"，工作、生活、旅行的"同路人"之间，一个媚眼，一个邀约，就可渔火燃情，遭遇"春宵"——男人掏出"伟哥",女人掏出避孕药—— 但快乐总是"快"的,痛快总是"痛"的,新的烦恼也很快就来到。性快乐的透支直接冲击着传统的两性婚姻关系,一纸婚书,不仅缔结了一段良缘,也构筑了一个复杂的两人"共同体",既是道德、利益、责任共同体,也是快乐、技巧共同体,犹如两双手共同托起一个花瓶前行,这种共同体主要是出于生殖与养育孩童的需要,一旦生殖与养育成为一件不重要甚至多余的事情,这个共同体便要分崩或部分解体,"我们"的"性"就会凌驾于"我们"的"家"之上,因为独身滥恋、试婚、同居、二奶、情人等无婚有性的情色关系大多比正式的婚姻关系简单,只剩下利益、快乐与技巧共同体了。更有甚者,完全摒弃社会学上"我们"的那种共同体意识,代之以"我"的身体、"我"的快乐为中心的瞬间发泄,去体验"性爱陌生人"(宿娼、一夜情)的刺激。不知正宗的性社会学家是否同意这种说法。

对"陌生性爱"的永恒渴求不仅是当代人类对传统"性爱共同体"的反叛,也标志着知识论的破产(是对好莱坞咸片、色情书刊、过度暴露与滥交的反动,表面上似乎是对它的追慕)。从知识论的角度看,性的蒙昧源于无知,包括不知晓性器官的结构、功能,两性的心理、行为,缺乏自主经验的积累与他人经验的观摩,一旦被灌输了相应的知识,掌握了若干技巧,经历够多的场面,便大功告成、万事大吉了,其实不然,性关系绝不是单纯的生理命题，而是复杂的审美命题，文化心理命题，仅有知识、技巧是不够的，"欲"的表达必然掺入"色"的迷幻，"情"的盘桓，"趣"的灵动，"才"的喷张，是一次次常"戏"常"新"的创造性审美历程。它需要知识，但必须超越知识；它需要技术，但必须隐匿技术，诗化技术。人类性爱之美的"真谛"在于不期而遇，在于冒险，在于朦胧，在于距离，在于适时的独酌，在于意会，在于诗化，在于创造。相反，过度的知识化、技术化，过多的媒介曝光，过分疯狂的视觉刺激都会伤害性的美感，从而把人民的"性福"无情而迅速地推向"麻木"。当下国人的性状况大概就处在某种尴尬之中，一方面相对无知，一方面又十分技术，崇拜技巧，同时还掺杂几分麻木与畸形，犹如一锅"夹生饭"，但总是稀缺那种由"纯美"的意境与趣味做主导，性的知识与技巧相协从的"性境界"。

遭遇性的麻木是一个全球性的问题，突围的策略与方法也各式各样（如同性恋、虐恋、网恋等），一些性社会学家将它们统统打入正常性爱之外的"另册"，但似乎也可以做这样的联想和推论，即同性恋是异性恋麻木者的解脱，网络恋情与色情是虚拟空间里的"弗洛伊德"与"柏拉图"的混血儿，是现实中情、色、恋失意或麻木的逃逸。在西方，"法西斯"式的虐恋与性虐快感也常常成为"麻木"的拯救者，性的"审美"沦为"暴力"与"征服"，这类解脱也好，逃逸也好，拯救也罢，都将是新一轮性麻木的起跑线，游戏可能一时显灵，不久又陷入新的更深重的麻木。这不能不算是人类的某种悲哀。因此，与其说麻木之后再来寻找解脱，为什么不能为人类的"性"套上缰绳，在未抵麻木沼泽之时，坚守适度的"快乐"准则，"节约"而不是"透支"性爱资源，切莫逢"怀"必"乱"，寻"怀"狂"乱"。到头来惹得造物主一怒，抛出像艾滋病之类的不治之症来以"乱"制"乱"，激情男女们就必须用生命去兑换快乐，岂不哀哉。当下的问题是由谁来充当人类性爱的"驭手"，阻止这匹"野马"狂奔，摔到悬崖下面去，这是一个庄严的问题，也就是说节制人类性欲望的"红牌"、"黄牌"应该交给谁？当然是局外的裁判、裁判团或是裁判所，然而，除了"上帝"，又有谁能仲裁公判呢？真是越想越复杂，案子越审越纷乱。

还是回到题目的问题，现代生活中（诱惑要比当年柳下惠承受的更多、更频繁），"坐怀"之后怎么办？不乱？乱否？回答定是一个活套，犹如高僧的谶语，当乱则乱，不当乱则不乱，乱有乱的道理，不乱有不乱的章法，守身如"玉"是一份人生的纯粹，开怀勘"乱"是一份生命的痛快。公理、婆理都是理，天公难断。若是硬要开列一些建议，那就应该为情爱、情色乱，莫为色情、滥情乱。为人性乱，莫为动物性乱，如何？

（《我们的性》第七版，罗伯特·克鲁克斯、卡拉·鲍尔著，张拓红等译，华夏出版社 2003 年版）

忧郁的产房

纪实作品《莫妮卡的芒果雨》讲述了一个接生婆（医院内执业改称"助产士"）和产房（极其简陋）内外的故事，故事发生在西非的马里共和国。一切都离我们那么遥远，因为，大约在30年前，接生婆这个职业就已经从我们的城市生活中消逝了，我们习惯于上医院分娩，这样可以有效控制产程风险，减少感染和其他分娩意外，历史上，产褥热曾经夺走数以千万计的产妇生命，是妇女一生最大的健康威胁，如今，这个危险因素几乎彻底消除了。同样，距离遥远的马里与我们的生活也很难发生牵引力，这个贫穷落后的西非小国，既不是我们孩子的留学目的地，也很难成为我们的旅游目的地，如今，唯一能吸引我们目光的只有莫妮卡和她的感人的故事。

为我们讲述这个故事的是一位美国姑娘克丽丝。她是最先被莫妮卡感动的人，一个短暂的国际援助计划让她与莫妮卡结识、共事，却让她们成为终身的朋友，即使莫妮卡飞身去了仙国，她还在为莫妮卡的孩子操持学业。莫妮卡的故事感人至深，后来，克丽丝把莫妮卡的故事讲述给美国人民听，立刻引起共鸣，一纸风行起来，成为各地的年度好书，如今，翻译家杨彝安把这个遥远的故事转述给了中国读者，我们依然会为她洒下一掬热泪吗？

产房里的故事不只是关于医学和医生的故事，更多展示的是关于生命的痛与爱，窥视命运的开与合（幸运与噩运）的历程，我们的主人公莫妮卡只上过 6 年学，助产培训也只有短短的 9 个月，更让人们惊讶的是她的产房里没有急救药物和设备，甚至没有自来水，没有电，产妇所有的希望都系在她身上，然而，她的生命力与智慧牵引着几个村的产妇们——走出恐惧，告别产程风险，踏上生命的坦途。一次次产程惊险都在她的坚毅、果断、平实、敦厚的处置下轻轻地滑过，却让旁人惊出一身冷汗。让我们走进她的产房吧——

莫妮卡的表情很镇定，眼神也很专注，她引领卡嘉图（产妇）度过每一波阵痛，身旁的阿莉玛（产妇的姐姐）低声复诵着莫妮卡的话"Akanyi I be se, I be se"—— 很好，你办得到。莫妮卡的语调起伏，和卡嘉图的推挤动作一致，她们就像是拂动海岸的浪潮，一波波地拉高，又一波波沉落，莫妮卡的声音就是她们两人和世界之间唯一的联系。最后，卡嘉图好像受到神秘力量的牵引，一鼓作气，使尽全身力气，此时，莫妮卡的声音越来越大，造成强有力的鼓舞，卡嘉图猛地一发力，身体前倾，宝宝圆圆的脑袋娩出了，深色卷曲的毛发覆盖在又黏又滑的头上，而他硕大的头就卡在那里，我（作者）屏住呼吸，张望着，又一波阵痛袭来，紧接着又来了一波，每一波的阵痛都把宝宝的柔软的身躯往前推挤一次，最后，宝宝终于完全娩出了。我重重地吐了一口气，如释重负地看着那个姜黄色的新生儿。

莫妮卡没有停下来，她迅速地把男婴接过来，安置在她长而有力的臂膀里，她用手掌轻柔地按摩宝宝的胸口，坚韧的手指抚过他脆弱的肌肤，宝宝顷刻张开嘴巴，吸进此生第一口空气，哇地大哭起来，莫妮卡敏捷地剪断蓝色的脐带，为宝宝沐浴。而婴儿则急切地用哭声抗拒，这哭声将莫妮卡背上的巴希尔（莫妮卡的儿子）惊醒，也大声号哭起来，两个娃娃就像二重唱一样应和着大哭，莫妮卡迅速包裹好孩子，转身去清点娩出的胎盘，确保母亲子宫里没有任何残留物。宝宝们继续着他们的哭声二重唱。

这就是乡村接生婆莫妮卡真实的生活，在卫生资源十分匮乏，装备极其简陋的条件下与死神拔河，为新生命沐浴。她在倾全力履行一个产程助理、产妇与婴儿呵护者的神圣责任。或许是因为她从死神那里救出太多的产妇（马里是全世界产妇死亡率居前列的国家之一），最后，恰如冥冥的宿命，她自己死于分娩过程之中。

世俗的比喻中，每一位女性的个体生命都犹如一枝花，最骄傲、最灿烂，也最惨烈的时分就在分娩这一刻，因此，无论是否处在宗教语境中，分娩都是做母亲的伟大仪式，这里有一生中最震裂的疼痛，有最无忌的呼号，有全身心的屏息，有一辈子都不曾使出过的蛮力，也有健康旅程中（怀孕并不是疾病过程）最难测的风险，在医学不够昌明的岁月里，它是一座"独木桥"，难产、羊水栓塞、大出血、产褥热曾经夺走无数母亲的生命，即便这一路都顺利地闯荡过来，还会有不少人会步入产后忧郁症的行列。此时，作为产程助理的"接生婆"的角色和"母亲"、"母爱"一起沉重起来，即使在马里这样高度的男权社会里，具有双重身份的莫妮卡也会受到非常的敬重和爱戴，她的死也变得十分圣洁。

现代医学造就了新的性爱、生殖模式和分娩方式，如今，情侣们可以只求性爱欢愉，而不承担生殖义务，也可以因为骨盆宽度不足、高危妊娠等病理，甚至仅仅是恐惧产程中的疼痛，担心产后的体型变化而选择麻醉状态下的剖宫产手术，产后因职业生活的急迫而选择人工哺乳，产妇常常作为"病人"躺在病床上，接受全程的医护监控和救助，自然产程不再有独木桥的风险，甚至还有杜绝一切生命和医学风险的"代孕母亲"（母亲完全可以在产房外面生育"自己"的孩子——只是遗传学和法律意义上的孩子），这一切现代医学供给的福利，或许可以理解为"保护母亲"、"解放母亲"的恩典，同时，不应该回避，这也是在将母亲逐出生育过程（母亲不再是生物意义上的母亲），是一个消解生命仪式和纽带的过程（如同网络中的

虚拟性爱）。或许，我们许多人今天已经无法理解莫妮卡
的职业和她的死，只是在阅读一个遥远的人类学故事，沐
浴一场天方夜谭"芒果雨"。

（《莫妮卡的芒果雨》，克丽丝著，杨彝安译，上海人民出版
社 2009 年版）

相信亚瑟

在当下的健康传播中，流行着一股浓烈的怀疑主义情绪，极端的表达就是"求医不如求己"（标志是同名图书的风行），虽说这是一种狭隘的保健意识，但却从一个侧面映射出传统卫生科普教育的困境。喝令我们要尊崇"公众理解医学"的新轨来推动健康传播，这是一种怎样的健康传播的新气象与新境界呢？首先，它是开放的、平等的、互动的、体验的、情感的、趣味的、优雅的、从容的传播，而不是知识霸权的、单向的、说教式的、呆板的、功利的、焦躁的灌输。其次，它含有多元的精神旨向，一不局限于卫生知识、医疗技术的宣讲和注解，还包括对待生老病死的态度与健康的信仰；二不局限于生物学意义上的疾病诊疗，还拓展到社会、心理、习俗、行为层面的痛苦与拯救；三不局限于医疗的救助，还延伸到医生个体的伦理与操守，医院（群体）的人道愿景与医学职业（行业）的人文追求。人们不禁要问，我们的书店与书架上有这样的优秀读物吗？有！美国耄耋老人亚瑟的新作《岁月时光——人生的百科全书》就是其中的名篇佳作。

　　亚瑟，这位年届 90 仍然耳聪目明、健康惬意生活的老人，他谈论的主题是衰老，一个人人都无法回避的生命进程，即使是青春妙龄男女，也会遭遇到局部组织、单个细胞的衰老和死亡（如血细胞只有 120 天的寿命），而多器官的衰老、躯体的僵硬、行为的徐缓、心理的迟暮、社会角色的淡出将人们推进整体衰老的行列，开启了人生新的暮年阶段。古诗中的"夕阳无限好"，不过是自我宽慰，"只是近黄昏"才刻画出真实的惆怅。对于无法逆转的衰老进程，人类本能地表现出不情愿，不适应，想方设法去延缓，去抗争，于是，有了抗衰老的知识与技术，有了老年学与老年医学，有了老年福利政治与老年健康产业。也有了各种"理解老年"的学说与观念，对于有着丰富哲学素养的作家亚瑟来说，90 年的人生阅历，丰赡的学识让他步入智者的境界，豁达的殿堂。

　　亚瑟面对衰老的姿态是达观的，顺应、接受，却不消极；延缓、阻抗，但不蛮强；尊医，又不迷信医，自主，而不囿于我；以博物学的精神广罗原野，以百科的方法梳理新知，以人文的情怀解读技术。因此，读他的书，一不觉得枯燥，二不觉得显摆，像是与共同经历的人在拉家常，分享人生经验。

　　在他眼里，医疗事件首先是生活事件，譬如老年期间的"意外摔倒"，他认为由于没有直接的、突发的生物学原因，仅仅是因为偶发性的躯体、意识、行为的短暂偏离、紊乱而酿成大祸，其危害被医学界大大低估了。其实，它是老年致死与致残的首因，当事者的生活轨道可能瞬间发生巨变，并带来巨额的医疗和社会花费。要预防、阻止这类不测危害的降临，有许多看似细琐，却十分有效的办法，如在卧室、浴室、卫生间安装体位改变的辅助提拉环，张贴提示性警语，台阶、楼梯等处加强防滑和照明，都是小投入、大受益的措施。至于服药前阅读说明书，了解晕眩等副作用的可能与强度，及时给予保护性自我暗示，更是老年生活中的保险阀。这类医生也未必系统发掘与归纳的安健生活小诀窍、小绝招在亚瑟的书中比比皆是，对于中老年读者来说都是实用的健康生活技能。

在亚瑟心中，老年学首先是社会学，其次才是医学，任何技术突破都有赖于社会突破，他痛陈了我们这个社会存在的种种老年歧视现象，不仅司空见惯，而且习以为常，甚至存在一种"讥老文化"、"恐老文化"。在文学作品里，在影视屏幕上，老年人大多是保守者、吝啬者，病弱和性无能者，生命与生活正在走下坡路，逐渐丧失了健康、权威、财富、智慧，依赖社会救助而生活，或者即将成为累赘，被晚辈和社会遗弃，老而不殁的长寿几乎是一份罪过。譬如，在诊室里，一位老龄患者向医生诉说自己的不适，医生的第一回复是："我知道了，不过，您也要知道您已经不年轻了。"更有不善沟通的医护人员会呵斥："你都老成这样子了，怎么会不出 ×× 症状呢？"面对这样的社会意识，医学的力量、医学伦理的调节力量往往是苍白的，需要有更强的社会与政治力量的介入，更有效的经济杠杆来调节，要像近代解放黑奴、解放妇女、解放病人运动那样来重建我们社会的敬老文化，切实解决老年权利与福利（包括爱、性、教育、家庭）的诸多问题。不久的将来，我们每一个社会成员都将加入老年群体，甚至我们的社会也将步入老龄社会。没有理由继续低估老年的社会价值。

诚然，面对老年危机的渐进性与不可逆转性，我们不仅仅需要承诺（医疗技术承诺、社会福利承诺），还需要灵魂的抚慰与安顿，因为任何的承诺（他劝慰人们不要听信那些天花乱坠的关于阻断衰老的医疗新技术、灵丹妙药的宣传）都无法阻挡死神的脚步，需要向死而生的超然，这是一种心灵归途，一份宗教情怀。亚瑟在他的书中有许多篇章论及他的死亡哲学，无论生死，人都应该有尊严。死亡只不过是一次人生的远足，跨过一座生死桥，到天的另一端去翱翔。无疾而终固然安详，与病同行驾鹤西去也存有一种宽许。唯有放下生死的人，才是大彻大悟的人。从某种意义上讲，公众理解医学就是公众理解死亡，读懂死亡，我们的人生大课才算毕业了。

合上书页，心中默默念道：让我们相信亚瑟吧。

流感来了

贝聿铭设计的香山饭店掩映在山谷之中，置身其中，周围十分静谧，是一个开会务虚的好去处。不过，一下子太安静常常让人睡不着，于是，操起一本谈瘟疫的书读起来，不知不觉读到东方既白，远处传来隐隐约约的喊山声音。晨练的人们喜欢喊山，借以呼出肺里的浊气，吸入林中的清风，喊山的号子千奇百怪，有流行歌名与歌词，有经典的电影台词，最近多了一句现实的关切："流感来了！"在山谷里与"狼来了"、"鬼子进村了"的呼喊一起回荡。

所谓"流感"，它的全称是"流行性感冒"，它的特征就是广泛流行，冬春最甚。有一些生活阅历的人都知道，"流感来了"已经不是新鲜事了，它像台风一样，周期性在某个地方生成，然后席卷一个地区与国家，甚至一个大洲。全球性的流感，不曾发生，但是在概念上已经成立，经济全球化，文化全球化，为何疾病就不能"全球化"。如果放开想象力，未来有星球大战，恐怕也会有"星球流感"。总之，斗转星移，流感的流行半径也会随着交往半径的扩大而扩大，流行的速度也随着飞行器、快速铁路机车的提速而提速。

流感的首要罪恶在流行，所过之处，像"时尚偶像"借助大众传媒击倒"粉丝"一样风靡，乃至疯狂，现代医学的重要任务就类似于"抗台风"、"反时尚"了。怎么反？第一件事是研究"流感"形成的源头、类型、机制与周期，监测它的特征、减毒趋势，近年来，追踪病因发现与一些动物有关，于是组织大面积扑杀，同时发布预警信号，让大家像避台风一样警觉、躲避。譬如流行期间减少社交活动，少举办大型歌会、运动会等等。当然，现代流行病学的理论与招数不只是这么贫乏、消极，它有著名的"三要素"学说：控制传染源，切断传播途径，保护易感人群。三管齐下，病毒学与免疫学实验技术的进步激发人们研发流感疫苗的热情，但由于流感病毒的亚型众多，变化快捷，减毒也快，因此，人工的减毒疫苗常常滞后，目前疫苗接种的免疫效应还不很确定。当然，新的研究方案与技术正在探索之中，人们有望通过疫苗的方法先期控制流感的蔓延。

流感的主要危害不仅仅是流行，而是病情的危急，如果抛开"流行"因素来评估它，应该称之为"重症感冒"或"凶险型感冒"，可能危及生命。1658年意大利威尼斯城的一次流感大流行致使6万市民丧生；20世纪初发生在欧洲大陆的那场连续性流感大爆发，临床发病率高达40%，造成数千万人的死亡，数量甚至超过第一次世界大战的死亡人数，仅西班牙一国就有500万人丧生。不同于普通感冒，流感除了早期的呼吸道病理反应，迅速发生全身症状，内平衡破坏，引发严重的并发症，最终可能因为心肺等重要器官衰竭，造成不治的后果。因此，流感绝不是流行的普通感冒，遇此情形一定要高度警惕，迅速求医，积极治疗，不能有丝毫懈怠和麻痹。像应付普通感冒那样一熬、二拖、三无奈，尤其是妇孺与老人，他们的健康指标、抗病能力、免疫水平都较差，一旦被传染上，极有可能引发"不测"变故。

流感的诊断多由症状危重、与流行链条高度相关等核心症候而推论结果，鉴别诊断有一定难度，但临床上真正由病毒培养、提取、分型来指导病因学层面的精确治疗，是不现实的。一是这个过程十分漫长，不能坐等诊断，放弃治疗；二是药物处置能力严重不足，即使搞明白流感病毒的身世，分清复杂的亚型，药房里也拿不出针对性很强的抗病毒药物。医生能做的事情是发病学的治疗，防止并发症的形成和蔓延，卡住疾病的这个"咽喉"，流感的猖獗就会大打折扣。更低层次的治疗是"症状学处置"，如物理降温、止咳、排痰、补液，以减轻病人的痛苦、补充能量。目前流感的治疗多停留在发病学与症状学层面，病因层面的预防和治疗都有待完善。大剂量使用抗生素只是对继发性细菌感染的心理设防，是医生的"强迫症"行为，如果病人有相应的专业知识和反思能力，一定会质疑这样的"无谓"处置。抗生素可以用，但必须有细菌感染的指征。即使是流感，也不可滥用。

于是乎，如果遭遇"流感"，群体与个体策略的重心都在预防，预防的真谛不是"抗击"，而是"躲避"，如同"台风"袭来，避让为先。接种疫苗也管用，但不能"倾情相依"，一旦被流感"击中"，还是要迅速求医问药，控制并发症，减轻临床危急症状，加强护理，正邪交争，体内免疫力被逐步激活，病毒在复制中逐渐减弱，旗鼓偃息，顿时，一个"战场"烟尘散，万籁复寂。在现代医学的公众知晓度普及的情形下，以及现代医疗技术的呵护下，流感已经不再是洪水猛兽。

奔向"卡桑德拉大桥"的春天

　　席卷东亚，蔓延全球的SARS给2003年的春天镀上一层厚厚的忧郁，因为我们已经很久都不曾体验这一份由恶性传染病带来的忧郁了，在刚刚走过的一百年里，医学一直在"竞赛"、"征服"、"加冕"三大节目中穿行，国家之间，实验室之间，医学家之间比拼着财力、势力，以争夺各个领域里大大小小的发明权，一次次宣称对微生物的征服，对疾病的征服，科学英雄们屡屡踏上瑞典皇家科学院大厅的红地毯，去折桂诺贝尔生理学或医学奖，面对电视镜头向全世界欢庆各自的成功。以医学史来论功绩，20世纪最引以为自豪的业绩便是抗生素的发现、应用，以及对大部分恶性传染病病原体的穷追猛杀与成功控制。人们普遍相信，随着文明的演进，经济的发展，科学的进步，传染病流行的周期律已经打破，天花、麻疹、霍乱、伤寒、鼠疫、白喉，这些让古希腊、古罗马人口锐减，使美洲土著90%夭亡、欧洲人口一度下降三四成的瘟疫已不会再度肆虐。然而，去冬今春的"非典"疫情给了我们一头凉水，一阵寒栗。其实，这个病的死亡率并不高，诊断与治疗上也并非完全束手无策，在广州和北京，很快就研究出快速的血清学检测技术和方法，摸索出一系列症状学、发病学治疗方案，但是，SARS病毒的动物源性锁定，流行病规律与疫情控制节点，如此强烈的传染性，以及疫苗的研发仍然是极具挑战的课题。让人想起"道高"与"魔高"，想起"人类一思考，上帝就发笑"的宿命法则。微生物世界里的进化与变异每时每刻都在发生着，它们也在与医学的发展"赛魔力"、"赛时间"，我们应该常怀敬畏之心，不虚言"征服"，不妄自骄矜，而挽起袖子，"蹚着水"前行。

法国史学家拉迪里在他的《历史学家的领域》（中译本为《历史学家的思想和方法》，上海人民出版社出版）一书中曾提出"疾病带来全球一体化"的命题，并分析了14至17世纪的烈性传染病传播的历史案例予以论述。在拉迪里看来，现代文明社会，爆发细菌或病毒感染的概率不是小了，反而可能更大。他于30年前就断言：瘟疫带来的全球一体化进程并没有结束，它的本质是微生物"共同市场"的形成。为此，微生物王国里的"骁勇"们运用生物变异的手段，穿越抗生素、消毒液构成的"刀斧"阵，顽强地奔向它们向往的种群共生与共荣的"大同"境界（恰恰是抗生素破坏了它们的种群关系）。在另一种"全球化"面前，人类被逐出价值"中心"，成为一份祭奠品，一份被异类支付的代价。而人类社会自身的政治（战争征伐）、经济（全球贸易）、文化（跨国交流）的交往恰恰与瘟疫的全球化进程"同行"。而构筑人类全球化手段的"数字化"与大众传播也可能助长或放大瘟疫的效应。"黑屋"笼罩式的信息短缺与欺瞒固然引发恐惧与无助。但"玻璃房"式的过度信息与传播无异于展览苦难,渲染负性感受,同样会引发恐慌(许多恐慌来自电话与手机短信)。好在此次"非典"流传只有心理与躯体的恐慌,而不像艾滋病那样具备道德恐慌。人类处在两难中,全球化的两面性,交往与限制,政府的诚实与自信,信息发布的详与略,马拉松般漫长而周到的民主程序与暴君式刚愎的急促果敢,民众的麻木与敏感,恐惧与镇定,纪律与骚动,对仁爱的认同与代价的承担,这一切都必须以突发危机(包括突发疫情)的应对机制及法律程序来制度化。

对这些问题的寻思让人想起电影《卡桑德拉大桥》,列车上发生恶性疫情,情况危急!谁肩负报告之责,谁承担评级测险,谁负责向公众说明真相,向列车上的旅客交代缘由,谁下令列车驶入废弃的铁道,驶向死亡的"卡桑德拉大桥"?谁对列车上的发病者、带菌者、局部隔离的健康者、无辜的列车职员负人道的责任,以一车人生命的代价能否制止疫情的蔓延?电影的结局是人道的胜利,但作为危机制度健全的命题却留下许多悬念和余思。

对政府来说,这种情形无异于一场突发的战争。理查德·布利特的《20世纪史》一书就以战争来比喻和隐喻人与病原体的关系,医学史成为一次次战役和征讨的连台。人们寻找"魔弹",像欢呼新武器一样欢呼新药的诞生，于是"病人"被一步步"沦"为"敌人"。苏珊·桑塔格这样写道：一旦将疾病比作战争，人们对待疾病的态度也就像对待战争的态度一样，不是将疾病理解为人类及其环境的不平衡或一种生态问题，而是将细菌作为一种应该"被征服的"、"被击败的"、"被消灭的"，甚至"被歼灭的"、"被灭绝的"或"被摧毁的"实体，病人得通过使用解毒剂"进攻"寻求侵入健康机体的病原体来加以治疗。这种观念曾因病人成为"进攻对象"，躯体是"战场"而受到生态论者、平衡论者、调摄论者的反诘及医学人文阵营的批评，如今又可假"非典"而老调重弹了。其实，在10年前对付同为病毒作祟的艾滋病的"征战"中，单一的战争模式并未战果辉煌。随着人们对"非典"认知的丰富，战争模式还会受到新的挑战。诺尔曼·布朗说的对："人是一种疾病"，社会、心理、行为上的失措远比技术上的失措更有害。

但愿今天的"卡桑德拉大桥"能托起"非典"的列车，驶向成熟的制度化的瘟疫应急与危机处置的"车站"。那么，今年的春天就是历史长河里的一尊铜像。

实验室里的英雄与倒霉蛋

　　读书贵疑，合上《活物》书页，心中升起疑窦，这本书的译名，包括我在内的读者诸君多少会有些莫名其"妙"，日文书名（《生物と無生物のめいだ》，讲谈社 2007 年版）直译过来应该是《生物和非生物之间》或《什么是还活着的东西？》，直译是有一些直白，开放性的译名应该是《生命是什么》，不过，犯难的是与薛定谔的名著同名。于是，译者想着另辟蹊径，用"活物"（对应"死物"）来追求"达"与"雅"的意境，不过，于"信"的尺度似乎有些偏移，因为"生物与非生物"跟"活物与死物"之间的社会解读和公共理解存在着差异。不过，存疑也好，对于白领读者或许多了一份与译者共同推敲的乐趣。另外，在我有限的阅读里，这类有品质的科学人文佳作大多出自英美的一批职业科学作家（Science Writer）之手，这些人受过系统的科学教育和良好的写作训练，大多供职于科学传播的媒体，如《科学美国人》、《纽约时报》（科学版）、BBC 或 CNN 电台与电视台的科学节目编导或专栏作家，国内大批科学文化读物译作大多都出自他们之手，如劳里·加勒斯的《逼近的瘟疫》；当然，也有少部分出自受过"两支笔"写作训练的科学家本人，如阿瑟·科恩伯格的《酶的情人》，而这一次相遇的作者却是一位日本分子生物学家，这在以前并不多见。查阅作者的传记资料，知道这位 1959 年出生的福冈伸一早年毕业于京都大学农学院，后赴美（1988）深造并工作，曾任美国洛克菲勒大学、哈佛大学医学部研究员，专攻分子生物学，1991 年回到日本，任职于母校京都大学，2004 年成为青山大学生物学教授。看来，还是美式学风与趣味改造了这位日本生物学家，将眼光与笔端专注于科学文化的创作。福冈伸一 2006 年出版了《朊病毒说是真的吗？》，2007 年又推出了这本《活物》（2009 年还推出了编辑作品《生命的动态平衡》），此书成为当年知识人群中最有影响的书之一，广受媒体推崇。日本的评论家称之为"一部将科学与诗意般感性完美结合的书"，"以浅显优美的文字从生物学出发逐步上升至生命哲学的高度，引发受工具理性控制的人们对生命和自我认同的再思考"。

在我看来，这本书有两条阅读线索，一条是讲故事，作者讲述 20 世纪分子生物实验室里发生的惊天故事；第二条是医学人文（哲学）探索，作者归纳了 50 年来实验生物学家们对于生命进化逻辑的揭示和对生命哲学的深层思考。两条线交织在一起，最适合有一定生物学知识背景的读者细细咀嚼。

过去的一百年里，生命的奥秘都是生物实验室揭示的，诺贝尔生理学或医学奖、化学奖得主也都是实验室里的英雄，最显赫的人物当然就是发现蛋白体双螺旋结构的沃森、克里克、威尔金森了，然而，那些终生默默奋斗在实验室里，却一文不名的"倒霉蛋"呢？没有人知晓他们的生命光彩，其实，他们与成功只有半步之遥，他们的名字虽然没有列入英雄榜，但他们的贡献却不可磨灭，即使是双螺旋结构这样的世纪大发现，关键构想来源于威尔金森实验室的女生物学家弗兰克琳的那张著名的X衍射（螺旋型配对关系）照片，而且"英雄"们当时是以非正常渠道获得（甚至可以算是窃取）了这张关键照片。结果弗兰克琳在压抑中死于乳腺癌，完全与这个伟大的发现无缘，而沃森等三人踏上了斯德哥尔摩市政大厅的红地毯，接受国王的授奖。作为日籍生物学家，民族意识驱使福冈伸一孜孜不倦地在辉煌的生物学演进史里寻找早年日本学者的身影，结果发现20世纪初烟叶病毒研究攻坚阶段的洛克菲勒大学生物实验团队里，有一位叫野口英世的日本人做过突出贡献，这让他兴奋不已。后来，他还在学校图书馆的走廊里找到了野口的雕像，新版的1000元日币上印着野口的画像，每年去纽约曼哈顿观光的日本游客成群结队地涌到洛克菲勒大学图书馆去瞻仰野口，但这所大学的师生却没有几个人了解日本游客来朝拜的是什么人，因为，他只是科学史册里的倒霉蛋。同样，世界上第一位意识到DNA是遗传基因的奥斯瓦尔德·艾弗里也在洛克菲勒大学的生物实验楼里工作了42年（1913—1955），因为他的谦逊、低调、内向，未能获得诺贝尔生理学或医学奖（1945 年曾获得英国皇家学会授予的科普利奖，他懒得去领，结果由皇家学会会长亲自送到他的实验室），人们也就无情地将他归于"倒霉蛋"的行列。综观 20 世纪的生物学史，不仅是英雄书写的历史，也是倒霉蛋书写的历史。但是，势利的人们却只顾欢呼那几位被加冕的英雄。这不能不说是历史的悲哀。

在书中，福冈没有只顾讲故事，而忘记向读者展示 20 世纪生物学递进的逻辑和深层的哲学启迪。无论是沃森、克里克，还是威尔金森，他们开始研究生命奥秘的兴趣都来自一本书，那就是奥地利物理学家薛定谔的《生命是什么》，这本书源自他 1943 年 2 月在都柏林的一系列面向公众的演讲，书中，这位有着哲学洞察力的物理学天才预言："遗传基因可能是非周期性结晶。"另一个富有哲理的问题是："原子为什么这么小？"后来被生物学家接过话题询问："人的身体为什么这么大？又恰好这么大？"或许，今天的人们已经无法追索到 DNA 发现者的精神发育与薛定谔讲座中那几个关键问题之间究竟存在怎样的内在关系，但我们今天基于 DNA 发现而建立的关于"生命是什么"的答案（所谓生命，就是能够自我复制的系统）在哲学领悟上（生命的秩序为了保持着"熵"的动态平衡）是相通的。其实，双螺旋结构并非沃森等人在实验室里的什么客观发现（唯一的蛋白结晶 X 衍射照片是由弗兰克琳发现的），它是一个理论推演出来的互补构造的立体生物模型，更需要哲学思维的启悟，来解读生命现象的复杂性和柔软性。福冈感言：没有哲学的慧根，研究者不过是一群实验室里的技术奴隶，甚至是一群常年在学术隧道中爬行的幽闭症与强迫症患者。除此之外，拓扑学的新知也是分子生物学实验室开拓空间思维的"拐杖"，通过拓扑变位，我们才能理解"细胞内部的内部是外部"，洞悉体内蛋白消化酶转运中为什么不会发生自组织消化（自己消化自己）的秘密。

今天，生物实验室里的故事远没有结束，也许才刚刚开始。人类基因组计划的完成，给生命奥秘的解读开启了更大的空间，干细胞克隆带来无限光明的再生医学前景，同时，也让人们感受到伦理失控所可能坠落的黑暗深渊（如同电影《逃离克隆岛》所展现的人类的合法杀戮与替代）。生物实验室不仅是科学家、技术专家的实验室，而且是全人类一切福祉与罪恶的渊薮。因此，我们每一个人都应该睁大眼睛，注视着那里的新动态。

该盘点了，病毒先生

10月6日17点30分，瑞典卡罗林斯卡医学院宣布将2008年度诺贝尔生理学或医学奖授予德国人哈拉尔德·楚尔·豪森及两名法国人弗朗索瓦丝·巴尔－西诺西和吕克·蒙塔尼，以表彰他们在病毒学方面的发现。哈拉尔德·楚尔·豪森的发现是关于"人类乳头状瘤病毒（HPV）"的，HPV是宫颈癌的致病原因，它的发现可以帮助人们了解人类乳头状瘤病毒引发癌瘤的机理，从而有助于研发针对人类乳头状瘤病毒的疫苗。弗朗索瓦丝·巴尔－西诺西和吕克·蒙塔尼的成就是发现了人类免疫系统缺陷病毒（HIV），这一发现有助于分析艾滋病的生物学特性，寻求艾滋病的防治规律。

与新世纪里其他几次（大多聚焦于基因研究）奖项相比，此次受奖者的工作显得少了一些前沿虚幻，仿佛时光倒转，重新回到了久违的临床医学的关切之中，重新聚焦于病原体，枪口对准了"病毒"这个感染性疾病以及诱导肿瘤的罪魁。其实，回顾诺贝尔奖的颁奖史，第一年（1901）的诺贝尔生理学或医学奖就颁发给了发明白喉抗毒素，创立血清疗法的德国人贝林。在最初10年的获奖科目里，有三次给了在病原体研究方面的折桂者：1902年颁给了发现疟原虫的英国人罗斯；1905年颁给了发现结核杆菌，发明结核菌素的德国人科赫；1907年颁给了建立疟疾病原体学说的法国人拉韦朗。随后，更显赫的发现是磺胺、抗生素，尽管抗病毒药物与疫苗一直没有取得重大进展（原因可能是病毒的变异太快），但是人们依然认为瘟疫已经离我们远去。最自豪的日子是1979年12月9日，那一天，人类宣布消灭了天花。50年前让人闻之胆寒的白色妖魔——结核病也几乎销声匿迹了，感染性疾病、传染病在人类药物、预防利器的监控下完全驯服了，肿瘤、心脑血管疾病成为新的首要的健康屠夫。

2003年，一场席卷中华大地的SARS危机不仅让人们重新陷入瘟疫恐惧，也表现出无措的笨拙与恐慌，一个寂静的早晨，人们突然意识到瘟疫没有走远，随时都有可能杀个"回马枪"，像海啸一样凶险地扑向文明社会。这是劳里·加勒特的警世忠言，这位荣膺"普利策奖"的美国女记者，在她的新著《逼近的瘟疫》一书中以近乎惊悚小说的笔调，描述了当代社会人类与瘟疫博弈中的数次失手与无限迷惘。

诚然，天花走了，SARS来了，传染病并没有退出历史舞台，在人们为"征服"一些传染病而欢呼之时，另一些传染病却悄然而至。随着人类社会活动的不断拓展，如砍伐森林、兴修水利、探险旅游等，导致了自然生态系统的破坏，人与自然，人与微生物的"共生"关系遭到彻底的破坏，引起许多生物的生存环境发生变化，它们或改变其遗传特征而适应新环境，或迁往新的寄居地，这些变化也可能对人类产生不利的影响。快捷的交通和频繁的交流也提供了接触和传播疾病的便利。艾滋病、埃博拉病毒病、慢病毒疾病等新的病原体引起的新传染病的出现就是充分的证明。此外，技术的广泛应用和工业化过程也会为新传染病的出现提供机会，例如，食品供应的全球化可能会导致某种地方性传染病转变为流行性传染病、输血、血液制品及组织器官移植造成的肝炎和艾滋病感染，滥用抗生素引起的耐药菌株的出现等，都提示人类应当关注技术应用中的负面效应问题。即使是已经被控制的天花，也不敢保证不会以"生物武器"的形式被一些恐怖组织或邪恶政治家支配的国家从"病毒库"里窃出，大规模培育、播散出来，向不再接种天花疫苗的战区民众袭来。

很显然，虽然在现代社会传染病总体上看是在逐渐减少，但最近的研究表明，新现感染性疾病（EIDs）依然是全球经济和公共卫生的主要负担。突发性传染病对社会的冲击力和危害性也是难以估算的。在全球化的进程中，不同国家，同一国家中的不同地区社会经济发展的不平衡，在贫穷国家和贫困地区，出现的性传播疾病、结核病等传染病的死灰复燃，并由此播散到其他地区是导致艾滋病等疾病广泛蔓延的重要原因。人类不良的生活方式也是造成新传染病流行的因素之一。从 20 世纪 70 年代至今，在全球范围内新发现的传染病已达三十多种，其中一些传染病对人类的危害是相当严重的，对诸如艾滋病、疯牛病、埃博拉病毒病、西尼罗病、SARS 等传染病目前都还缺乏有效的控制措施，禽流感连续多年在各地此起彼伏，疫区封锁，社会动员，大批屠杀家禽的惨状犹如一场动物战争。

读完加勒特的书，一个强烈的念头浮现脑海，该盘点了，传染病的历史，而不仅仅是病毒。时而远去，时而逼近的瘟疫，不应该只是报纸上抢眼球的鲜活话题，而应该成为人类耳畔和心头沉重的敬畏钟声。

（《逼近的瘟疫》，劳里·加勒特著，杨歧鸣、杨宁译，生活·读书·新知三联书店 2008 年版）

历史过山车上的伍连德

伍连德这个名字与国士（梁启超的赞誉）这个称谓都属于那一个逝去的时代，尽管才一百年，要追寻其形迹、根脉却是大不易，因此，应该感谢王哲，这位旅居海外的非职业传记作家，广罗原野，搜聚史料，还原历史的细节和传主的脚步，也感谢侨恩意识很强的福建出版人让我们重新走近这位曾经叱咤风云的伍连德先生。

细读全书，认识了姿态鲜活而生命纯粹的伍连德先生，但需坦言，我未必完全认同作者、出版人奉行的传记价值尺度与当下流行的传记笔法。这种笔法无非是一些"行迹录"、"功德簿"的总汇，作者热衷于为传主评功摆好，轻率地做各种道德评判，却忽视了传主精神困惑、生活意义、内心价值与生命隐喻的挖掘，以及对时代、对当下历史的提问与反思。这种"因袭"在中国本土的传记创作中尤为突出，譬如书名，三十几年前，哈佛学子夏绿蒂·弗斯（费侠莉）为丁文江书写传记，书名推敲为《丁文江——科学与中国的新文化》，语词很平实，却很深沉，有历史范畴的开启，时代母题的提问，像一幅有景深的照片。而王哲对于伍连德的洞察出自梁启超的一段议论："科学输入垂五十年，国中能以学者资格与世界相见者，伍星联博士一人而已。"于是发出"国士无双"的深情喟叹，并且以此作为传记的书名。其实，这份印象与归纳都与伍连德的职业境界和精神空间相悬离，几乎是在踩一个虚蹈的道德高跷。至于可检索文献中唯一的学位研究论文《炫丽中一响清凡匿流——伍连德的一生及其思想》（陈雪微，新加坡国立大学中文系），其主标题更是以文害义，不知所云了。

一个人，哪怕是一个伟大的人，他短暂的生命历程中也只能做一件或几件轰轰烈烈的大事，对于身为医学家的伍连德来说，他生命中最闪亮的业绩就是主持了1910年的东北抗击鼠疫（他的抗疫勋业还可延续到抗日战争，抗疫之外，值得历数的精彩故事应该是开创了口岸卫生检疫机构与制度，两度拒绝出任国家卫生行政主管，创办中华医学会，编辑会刊《中华医学杂志》，筹办北京中央医院，与王吉民合著英文版《中国医学史》等），所以，晚年"拾脚印"，写回忆录，特别聚焦于这一段跌宕的抗疫（使用"抗疫"概念更准确，在那个时代，中国并没有科学意义上的"防疫"工作）经历。1959年，他在剑桥出版了"一位现代医生的自传"，主标题就叫《鼠疫斗士》。不难看出，他非常在乎那一段激荡的岁月，为此，他还痛失了爱子长明。其实，这一段辉煌的历史不仅是他个人的职业奋斗史，学术荣誉史，也不仅是科技史、医学史，而且是近代中国的社会生活史，转型期思想变迁史，因为，此时的伍连德不仅是传染病、流行病学专家，而且是统领着抗疫社会工程的外务府特命的钦差总医官。当时的东北，华、俄、日分治，资源、号令各异，清王朝大厦将倾，岌岌可危，人心浮动，地方吏治凋衰，中国传统医学与世界医学前沿几近隔绝，抗疫机构、机制一片空白，专业人才与器材奇缺。法国、日本抗疫理论与技术权威的漠视与挤对，都令伍连德眉头紧锁，一筹莫展，然而，这位年仅31岁，且没有多少政治资历与经验的总医官居然成功了，凭借什么？他以敏锐的职业直觉，发现了肺鼠疫的非跳蚤播散链条，认定了旱獭（土拨鼠）为鼠疫杆菌携带者，呼吸道为主要的传播途径，于是破解了抗疫的技术难题，后来果断推行的焚尸举措控制了传染源，进一步掌控了主导权。大疫面前，各级官吏、军警、百姓表现出难以置信的纪律与效率，同蹈生死，共赴大义，各国、各派人才、资源的自觉统合，倾力襄助，都成就了伍连德的抗疫组织和动员的高效率。特别值得赞颂的是伍的上司施肇基，这位末代王朝的外务府主管，对伍连德一见如故，依凭一面之缘的洞察与信任，旋即向袁世凯力荐，诚邀28岁的南洋医生出任陆军军医学堂帮办（副校长）。大疫当前，他积极有序应对，面对险局，他有胆有识，运筹帷幄，心系民危，他殚精沥血，力挽狂澜。他对伍连德高度信任，不仅任命其担任东三省防鼠疫总医官，还力排众议，支持伍对鼠疫流行的学术直觉与初步实验报告（当时伍的判断还未得到证实与公认），顶住外交使团的压力，撤销法国医生迈斯尼的技术主导权，为取得摄政王对于疫区焚尸的授权，寒冬除夕哭谏王府，声情并茂，感动府台，其忧国恤民之心，可映日月。其时清政府满朝腐败，但未必无淌清流。可以说，没有施肇基的睿眼识才与肝胆相照，就不会有伍连德东北抗疫的全胜。一年之后，帝制革除，民国如日初升，然而，伍连德二次东北抗疫（1920年扑灭鼠疫），三次抗疫（1926年控制霍乱）运作中所受到的人际掣肘与制度内耗远比晚清时代要大许多，革命一旦越过炙热的动员期，进入世俗化的庸常轨道，激情与操守便悄悄失落，人性也面临顿挫、失陷。如果说伍连德晚清社会抗疫是"泥潭"里跳舞，那么，他民国社会的抗疫就是沥青池里游泳。即便是知交施肇基的胞弟，也未必如兄长一样理想长啸，高风亮节。1918年，伍连德倾心倾力筹建的北京中央医院落成，却只是短暂地出任院长，旋即被主管财务的施家老二（施肇曾）排挤出局，为的是安插自己海外归来的公子接任院长。伍感念其兄肇基的知遇之情不争而退，黯然离职。一次抗疫时期，日本的医学权威、铁路路政当局尚能尊崇真理，服膺事实，推举伍连德担任"万国鼠疫研究会"主席，授北满铁路终身荣誉顾客，免费乘车。而"九一八事变"之后的三次抗疫时期，日本屯驻军部却因担心作为流行病与传染病专家的伍连德在东北的疫病调查可能捕捉到731部队特殊使命的蛛丝马迹，而蓄意捕获、杀戮而后快，幸得他具双重身份，经西方媒体捅出新闻，英国领事馆出面营救方才脱险。

读伍连德的传记，一般人很容易将其归于医学史的学术修养，而遁入庸常科学史固有的思维路径，去历数、归纳技术的递进，学说的成长，个体的荣耀，看到的是"第一位剑桥大学的华人医学博士"，"第一次遵循现代传染病、流行病理论组织的社会抗疫工程"，"第一场由中国人主导的国际抗疫行动"，"第一次由华人担任国际学术大会主席"，"第一部英文版《中国医学史》"云云，无非恪守着进化史观的讲史逻辑，宣扬着"陀螺模型"，抑或"楼梯模型"的启迪，不假思索地高呼"道路曲折，前途光明"，相信虽然探索进程曲折，学术依然盘旋上升，姿态中还掺杂着浓烈的民族主义褊狭意气，映出辉格史学（所谓"爱国主义"的科学史）的愚昧胎记。可惜，伍连德的一生展示的是一位正直学人在大时代的转身之间，由技术专家（注重技术关怀）向公共知识分子（注重社会与公众责任）进发的心灵历史，在他的精神世界里打开的是一部社会与思想的甄别史，一部人性的蒙难史，它昭示着历史的过山车模型，现实生活可能完全不遵守刻度时序递进，任意飘零。过山车上的伍连德先生亲历了南洋、西方欧美、中国晚清、北洋、民国多重社会，晚年还遥望、牵系新中国的社会变迁，他感受的历史动荡多姿，顷刻之间忽上忽下，忽进忽退，忽快忽慢，忽明忽暗，忽冷忽热，其背后是人性隧道的坑坑洼洼，精神海拔的高高低低，灵魂表演的正正邪邪。尤其是近现代，升腾与堕落全然不在什么新旧的时空刻度上，时代的前行、革命的招摇未必就是命定的进步，保守主义的坚持也未必就是落伍，政治选择上的正统与异端，科学遭遇上的真理与谬误，道德操持上的高尚与卑微，交相混杂，莫辨逆顺。唯有苦难是一块试金石，映照着灵魂的清洁与污浊。过去的一百多年里，我们国家，我们民族没少遭受苦难，但我们却不愿意从思想史层面去主动迎击苦难、咀嚼苦难，于是，我们在屡屡躯体承担之外少了精神上的涅槃。因此，好的传记就是要展现苦难中涅槃的灵魂，提撕一代人理想与受难的奇妙关系。

掩卷沉思，回到最初的提问，伍连德的传记应该叫什么书名？依思想史的径路，应该叫《与疫同行：历史过山车上的伍连德》。疫，在这里不仅指鼠疫，也指称广义的苦难。不知安卧天国的伍连德先生与客居美利坚的王哲先生以为然否？

（《国士无双伍连德》，王哲著，福建教育出版社 2007 年版）

"杀公鸡"：精神医学令人忧虑的新趋向

　　读完爱德华·肖特的新著《精神病学史——从收容院到百忧解》，心中一阵惶惑。这不是一部四平八稳的医学史著作，照《柯克斯评论》（*Kirkus Reviews*）的说法，"这是一部独持己见，充满逸闻趣事的历史"，恰恰因为它别有"性格"，而应该受到读者"格外"的关注，或许，你并非赞同作者的观点或结论。我就不甚赞同他把弗洛伊德学说彻底扔进垃圾桶的做派。

　　这部近 600 页篇幅，有 130 页注释的医学专科史著作很显然不是写给普罗大众阅读的，虽然通篇在讲故事。故事的背后展示了近代精神医学"击鼓传花"的发展路径，早年精神医学的"风暴中心"在法国，后来转移到了德国，最后移师美国。无疑，法国大革命倡导的"平等、自由、博爱"等理念也惠及了精神病人，是法国精神病医师皮内尔首先为疯人砸碎镣铐，随后开始用治疗的姿态（组建治疗性收容院）取代幽禁（疯人院）。德国精神医学的崛起与犹太族群不无关系，肖特惊奇地发现：欧洲的精神医生大多有犹太血统，精神分析更是"一枚犹太人团结的徽章"，因此，德国精神医学高地的丧失就是因为纳粹对大多数犹太医师的残酷迫害，美国对犹太医师的善待使得它成为精神分析学派的福地。至上世纪40年代，精神分析开始占领美国最重要的精神病学职位和大学的院校。

该书还讲述精神医学如何在生物学取向与精神分析取向之间"荡秋千"，19世纪末，脑解剖学进展和大脑沟回的功能定位，催生了生物精神病学的诞生，随后是长达70年的精神分析时代。随着电休克、胰岛素昏迷疗法、电生理诊断与干预的进展，脑叶切除术的冒险，脑化学介质的提纯与分析，精神疾病遗传与基因证据的获得，以及精神药物学的长足进步带来了生物精神病学的春天，到70年代，生物精神病学重返主流地位。精神分析被逐出正殿，成为被审判的对象。

尽管肖特一再宣称"精神医学一直在两种精神疾病的理解之间做困难的选择，一种观点强调神经科学，热衷于大脑解剖、大脑化学和药物治疗的探索，希望在大脑皮层的生物学视野中找到精神痛苦的根由；另一种观点则强调患者生活的社会与心理、行为方面，将他们的精神症状归因于社会适应问题和心理压抑，归因于无意识层面，或灵魂开阖的某种神秘的驱动机制"。但肖特很显然不准备"和稀泥"，做"骑墙派"，而是旗帜鲜明地支持生物主义的精神病学，批评、清算浪漫主义（心理学，唯灵论）的精神病学。尤其反对弗洛伊德的精神分析学派，在他的笔下，弗洛伊德是近现代精神医学的罪人。将精神医学引向

"去医学化"，"玄（哲）学化"的歧途，一个简单的真理就是"让细胞说话，让弗洛伊德闭嘴"，"一片药片胜过几小时无谓的谈话"，心理分析不过是自欺欺人，未来的精神医学应该彻底清算、抛弃浪漫主义和玄学，回到生物学的正确航道上来。

肖特无疑也是一位"射手"（shot），而且，他的"射手"思维、"战士"姿态带有普遍性，前不久，山东人民出版社推出了《弗洛伊德批判》一书，将弗洛伊德的精神分析案例（安娜、狼人等）和理论彻底颠覆，而且还指称弗洛伊德涉嫌学术造假，编织谎言，欺世盗名。相形之下，肖特还显得"费厄泼赖"（Fair Play）。

其实，对弗洛伊德的批评与背叛并不陌生，精神分析学派内部就常常有人"揭竿而起"，弗洛伊德的弟子后来几乎都与他分道扬镳了，荣格如此，阿德勒也如此。但无论如何，弗洛伊德的学说依然是20世纪最显赫的思想成果，他作为科学时代的解梦师，为我们消解科学主义的"板结"，开启了智慧的门径。因为弗洛伊德学说的存在，我们才对"精神疾病应该如何界定"，"精神疾病的历史应该如何书写"有了别样的答案。不然的话，精神疾病与躯体疾病就完全没有了区别，精神疾病的历史与传染病的历史也完全并轨运行了。在我看来，"生物决定论"的胜利对于精神医学的明天将是另一个"深坑"。因此，我们应该为弗洛伊德的学说辩护。尽管他的学说有缺陷，但他是用精神的路径来探究精神疾病。哲学化（精神化），去医学化（本质是去生物学化）恰恰是他的高明之处。

　　毫无疑问，现代医学正在陷入科学主义的泥沼，功能主义、实用主义盛行，根据这个逻辑，我们应该"杀公鸡"、"存母鸡"，理由很充分，公鸡只打鸣，不下蛋，打鸣也罢，从来不遵守标准化，声调、频率、波长都随意为之（典型的自由主义兼风头主义）。母鸡才有效益，天天下蛋，经过饲料管理（如同受控实验），还能做到大小、色泽均匀。肖特的《精神病学史》就是一部"杀公鸡"的历史读本。也是因为肖特翔实的资料、鲜活的叙述、流畅的翻译会强化读者"杀公鸡"的义愤。一旦蔓延开来，酿成运动，将不仅是"公鸡"的不幸，也终将是"母鸡"的不幸。

　　"刀下留鸡！"

　　（《精神病学史——从收容院到百忧解》，爱德华·肖特著，韩健平、胡颖、李亚平译，上海科技教育出版社2008年版）

原来疾病与疾苦不是一回事

　　24 年前，阿瑟·克莱曼所在的哈佛大学通知他可以去休学术年假，这意味着这一年他可以完全按照自己的意图自由阅读与写作，常年沉浸于教学与研究园地里的他此时盘算着怎样逃出学术的象牙之塔，写一本公共理解医学的书，去寻求跑野马的快感。不过，说惯了学术"方言"，改口对大众讲"普通话"，还确实不易，在夫人的鼓励下，费时两年，终于完成了这本《疾痛的故事》。

　　可能是哮喘病（具有慢性历程与急性发作的特征，具有强烈的躯体、心理、社会适应性改变）的病患体验促使他审视疾病时怀着医生与患者的双重角色，双重理解。于是，开篇文字就在语义上将"疾病"（Disease）与"疾痛"（Illness）区分开来，这是两个不同的世界：一个是医生的世界，一个是病人的世界；一个是被观察、记录的世界，一个是被体验、叙述的世界；一个是寻找病因与病理指标的客观世界，一个是诉说心理与社会性痛苦经历的主观世界。然而，现代医学信奉单边主义的"真相大白"，唯机器检测的结论为准绳。在这样的临床路径中，只有病，没有人；只有公共指征，没有个别镜像；只有技术，没有关爱；只有证据，没有故事；只有干预，没有敬畏；只有呵斥，没有沟通；只有救助，没有拯救……就这样，技术与人文疏离了，现代医学迷失了，丢失了仁爱的圣杯，逐渐被技术主义所绑架，被消费主义所裹挟，成为不可爱的医学。

克莱曼在序言里一口气讲了两个故事，都发生在他做实习医生阶段。他的第一位患者是个可怜的7岁女孩，全身大面积烫伤，需要每天做冲洗体表腐肉的漩流澡治疗，这是一项极其痛苦的治疗术，孩子完全无法忍受，每一次都会高声尖叫，并尽力反抗治疗。克莱曼被指派去安抚这位小病人，他几乎使尽了全部招数也无法缓解孩子的痛苦，也无法让孩子安静下来，最后，只好让孩子将每一次水枪喷射到皮肤的感受述说出来，于是，这个小女孩努力去捕捉痛苦起落的每一丝感受，寻找恰当的词汇表述出来，与这位年轻的实习大夫悉心对话，这一招比其他办法都管用，孩子安静了，驯服了。第二个故事的主人公是一位老妪，"一战"期间，她从一名军人那里染上了梅毒，并导致心血管损害，在长达几个月的随诊中，克莱曼通过老妪的叙述明白了污名笼罩下的病人如何度过躯体痛苦、心理屈辱、社会歧视的多重压迫，叙述本身也帮助病人逐渐解脱出来，这令他回味起希波克拉底的教导："医生有三大法宝：语言、药物、手术刀。"无疑，良好的沟通，充分的叙述是最佳的治疗。克莱曼20世纪70年代末曾经来过中国，与湖南医学院的学者合作，从事神经衰弱的跨文化比较研究，这一份独特的研究经历激发他以医学人类学方法来探索疼痛与生活境遇、社会文化心理结构的勾连，也丰富了日后叙事医学的路径和素材。他由慢性病的疼痛体验与叙述出发，扩展到欲望的挫折，失望与绝望，最终到死亡想象，从久病、疑病、诈病者到治疗者等不同角色的故事（叙事）类型进行了深入开掘，并升华为一种慢病治疗的方法论，为发端于哈佛校园里叙事医学新潮开辟了航道。在美国，医学创新喜欢剑走偏锋，两极开花，一个典型的例证就是注重客观与实证建构的"循证医学"同注重主观与社会建构的"叙事医学"互为楚汉，形成张力。相形之下，富有"太极思维"的中国医学界似乎不领会"反弹琵琶"的意义，仍死守在客观主义的马厩里踏步不前。无疑，200多年的近代西方医学的历史轨迹，显示出一条明显偏重于客观操作、实体追溯的研究路线，将病人当作一个纯粹的实体，进行工具性的观测和控制，人的主观存在（内在性）与个体经验就被归于虚幻之境，意象、梦、幻想、爱、勇气、痛苦、恐惧都被挤压到从属地位，人的精神活动与心理现象的独特价值就被湮没在技术服务之外。叙事医学的价值就在于纠正这种偏差，寻找新的出路。

书写到结尾，克莱曼有些动情，他感慨道：战争太重要了，不能由将军单独来处置；政治太重要了，不能只由政客来闭门处理；疾痛与医疗太重要了，不能仅仅诉之于医护人员一隅，也不能只有客观性探索一条路径。因此，患者的叙述，疾痛的故事，叙事的医学都应该得到足够重视。唯有多元、兼容的姿态，才会有可爱的医学。

（《疾痛的故事》，阿瑟·克莱曼著，方筱丽译，上海译文出版社 2010 年版）

与陀思妥耶夫斯基共斟痛苦

　　"痛苦是幸福的必要条件，因为只有痛苦才能使我们意识清醒。"这是俄国作家陀思妥耶夫斯基的人生忠告。凸现出他对乐观主义的抗拒，以及承受痛苦的必要性——世上没有安逸的幸福，幸福只能用痛苦来换取，人不是为了享受幸福而来到世上的，只有经历过痛苦，才能争取到幸福。

　　其实，人生不过是在幸福与痛苦之间荡秋千，摇晃幅度越大就越惊骇，暗中操弄这架命运秋千的力道很神秘，最刺伤心智的应数政治与文学、爱情和疾病。很不幸，在陀思妥耶夫斯基的一生中，这四道"魔咒"他都遭遇了，19世纪的俄国社会变革把他推入革命的旋涡，半年坐而论道的激进将他推上断头台，还好遇上了沙皇中还算仁慈的亚历山大二世，行刑前被改判苦役，在边疆流放8年，吃尽苦头。文学曾经让他一夜成名，成为评论界追捧的天才，也让他饱受剽窃、自大、平庸的讥讽。易燃的爱，窜乱的情令他神迷意狂（他数度苦恋身边的有夫之妇，甚至还背负了强奸幼女的恶名），也曾烧焦他的心智和宁静，神经质、癫痫伴随他一生，反复发作，这个病也活灵活现地发生在他的作品中，他小说的主人公身上，成为超越医学教科书（仅仅是生物学视野）的高度社会化、人格化、文学化的"疾病镜像"。

从某种意义上讲，劝导医学生用心关注陀思妥耶夫斯基和他的作品，或许不是因为他是一位俄罗斯文豪，而是一位医生的儿子，一位癫痫病人，一位生活在幻想和梦魇中的人，他的作品几乎都是自传，都有现实生活的影子。他的创作都不是偶然的，一是社会事件的激发，二是埋藏在记忆中的旧时阅历。对于医学生来说，没有必要像文学史家和批评家那样去研读陀思妥耶夫斯基的全部作品，但非常有必要与陀思妥耶夫斯基一道"切磋"癫痫的由来和体验。这或许是进入疾病隐秘之地的另一条通道。

癫痫与陀思妥耶夫斯基有着不解之缘，最早发病是在他7岁那年的一个晚上，他尖叫着从梦中惊醒，奔向父母的卧室，不知他看到了什么，然后突然扑倒在地上，失去了知觉。成年后的一次严重发病发生在他服苦役期间，两次婚礼上，他都曾发病扑地。1862至1863年间，他就有5次发病的记载，诱因多为紧张、劳作。可以说，癫痫是他体验最真切的疾病，也是他笔下人物的常见病和特有的病态人格，如《双重人格》里的戈里亚德金先生，《女房东》中身兼强盗与巫师双重身份的缪仑、年轻的受害者涅丽，《白痴》中圣洁的梅什金，《群魔》中与命运抗争的基里洛夫，《罪与罚》中的杀人犯斯麦尔佳科夫，《卡拉马佐

夫兄弟》中被长老选中的阿辽莎都患有癫痫病。陀思妥耶
夫斯基知道这种疾病会给他笔下的人物带来怎样的鲜活性
格（神圣的罪）。甚至不完全是噩梦，可能是通灵的特权
（与逝去的人对话），是巅峰体验，《卡拉马佐夫兄弟》中
多次提到"两个深渊"，可以同时体味到的两个深渊。一
个在头顶，一个在脚底，一个是痛苦，一个是愉悦，发病
的前兆是心醉神迷，情绪高涨，世界在他们眼里突然变得
妙不可言，眼前无比光明，甚至出现奇妙的灵感，如同他
在《白痴》中细述的那样："一种无法言喻的兴奋，一种
难以抑制的幸福暖流在奔涌，往日熟悉的世界摇身一变，
成为另一个完全不同的世界。"

这些或许就是医学教科书上解释的"大脑神经元异常
放电"的表现。但是，医学教科书似乎只关注躯体、行为
的病理性变化，充满了负面的语言，四肢强直，阵挛性抽
搐，口吐白沫，伴随意识障碍（嗜睡或昏睡）与精神症状
（记忆混乱、无法抑制的忧伤等）。谁会捕捉到其中的乐感
体验呢？唯有作为癫痫病人的陀思妥耶夫斯基能体察到、
捕捉到，而且通过他的小说人物述说出来。

无疑，陀思妥耶夫斯基给现代医学提出一系列尖锐
的问题：谁拥有他的生命？谁才是疾病的体验者和叙述
者？谁有权认定躯体以外的疾病叙述？病人的故事与疾
病的真相应该对立起来吗？一百年之后的今天，美国哥
伦比亚大学医学院的临床大夫们启动了一个"叙事医学"
（Narrative Medicine）的研究项目，把病人述说的疾病故

事放在理解疾病的显赫位置上，南加州大学医学院请来人
类学家开辟"叙事与疾病：治疗的文化建构"研究领域。
由此看来，研读病人书写的小说，听病人述说疾病的故
事，是人文医学的新方向。

技术时代生命迷途中的精神火把

　　《医学伦理经典案例》是一本很容易被读者忽视的书，也是一般读者不易进入的精神幽境，因为医学伦理是专门之学，小众之识，研读经典案例更是专家的日课。因此，许多人都会与它失之交臂。如同男女邂逅时因为各自的矜持而与心仪的恋人错过大好因缘，悔意连连总在恍然大悟之后。然而，时光不会倒流，遗恨一旦铸就，总难轻松释怀。

　　言归正传，如果抛开学术矜持，"案例"就是鲜活的故事，"医学伦理"（伦理语境中的医学决策）就是这些故事的类型，它为人们推开了一扇窗，由此可以目睹技术时代生命遭遇的惊险历程与道德困境，展现当下人类生老病死的全新选择，也凸显了现代医学的无穷尴尬。因此，该书可谓是我们这个技术时代遭遇的各种生命迷途与困顿中的一团精神火把。

　　在今天，死亡已经不是生命自然终止的过程，而是现代技术撤出与医疗救治设备关机的时刻（抑或停电时节），譬如，体外人工呼吸机替代技术和体外营养喂食技术的成熟，足以使陷入昏迷的植物人维持数年甚至数十年的生命，但巨大的医疗代价与亲人毫无生命质量和尊严的维持（活着）构成一个巨大的不等式，是撤销替代还是维持，何时撤销，都面临着艰难的抉择。

救死扶伤的医学境遇，常常被人们比喻为与死神拔河（博弈），当各种自杀意愿（厌世绝望、绝症中渴望解脱、对毫无质量的生存的拒绝，或对家庭财富、医疗资源过度消耗的抵制等原因）拒绝医疗救助、坦然等待自然死亡，甚至请求死亡的医学协助，以求平静地结束生命时，意味着在这场"拔河赛"的相持中，医方主动放弃，或者屈服于死神，向死神示弱、放水、妥协，于职业使命（希波克拉底誓言）与荣誉来说，毋宁是一种失陷，甚至是一种背叛，如何平衡死亡协助医生内心的道德沮丧和伦理危机，如何分辨死亡协助与过失、谋杀，构成当今社会热议的"安乐死"话题。

活体器官移植（含骨髓移植）无疑是本世纪最优秀的临床技术突破，但是供体的绝对短缺与器官提供者知情许可的困境，自愿捐献的不足与商业性器官买卖的日益盛行让这项新技术的开展变得扑朔迷离，如何分配有限的器官资源也是棘手的伦理问题。

现代医学的魔力很大程度上表现在对人类生育与生殖的干预方面，避孕、人工流产、引产术的开展招致宗教界的鞭挞，也带来生命起点从何时开始计量的伦理命题，是精子与卵子的结合，还是胎儿脑电波，或者胎儿心跳的形成，抑或安全娩出之时。这意味着流产、引产术是否为谋杀胎儿（生命）指控的成立。此外，匿名性商业索取精子（体外受精），有酬代孕母亲可能带来的乱伦（两代人接受同一精子供体及委托同一代孕母亲），生育期母亲为女儿代孕所带来的伦理困境（日本有这类案例，构成遗传学意义上的外孙与女儿共有一个生育上的子宫和母亲）。倘若有缺陷的婴儿出生，无尽的烦恼将尾随他们一生。

20世纪末，技术时代的生命图景已经凸显，一是克隆人方案，二是智能机器人方案。然而，在这两个方案的背后，都隐藏着巨大的伦理风险。克隆人与机器人的地位将无法界定。毫无疑问，基因重组技术的成熟必将催生克隆生命的诞生，不远的将来，我们每个人都会拥有自己的基因图谱，也可能拥有一个克隆备份被管制在"克隆岛"上，如同电影《逃离克隆岛》中的经典台词：人类为了自身的生存可以干出任何事情来（Human being will do everything for surviving），但结局很难描绘，艺术家想象中的基因档案泄密与克隆人逃逸、解放都会成为新的伦理难题。

好了，不能再这样照本宣科，列举当代医学面临的伦理学困顿，然后陷入某种保守主义的批评之中。很显然，作者彭斯没有沉浸在故事讲述的絮叨之中，而是通过这些故事，演示一种有品质的伦理生活，包括历史哲学沉思、伦理正当性思辨、法律判例的辨析等以案说理，由案达悟的精神徘徊。这种思想史意义上的精神盘旋提升了现代医学的学理境界，也超越了伦理学的视域与思域。

细心的读者一定会提问，书中的伦理学案例的演示无不以法律判定为归宿，伦理学与法学的分野在哪里？对此，作者译者都没有交代，在我看来，两者都在寻求技术选择、自主行为的正当性、合理性、合规性，都在思考、辩论过程中追求、提升人类的理性与良知。但法律判例更具有外在的社会强制性，而伦理甄别与选择则更多地承担内在的道义支撑。

有些许遗憾的是作者、译者在书前书后的过度"吝啬"，险些使这本本应曝光于公众视野的现代性反思的力作隐身于专业读物的帷帐之中。或许是他们刻意要与当下过度包装、过分唠叨的畅销书划清界限，清水炖牛肉，味香招食客。也好，作者、译者要精神裸奔，就由他们去吧。

顶天立地与纵横捭阖

马特·里德利的《基因组——人种自传23章》是一本值得精读的好书。这本书揭示了当今生物科学的神奇魅力,通过阅读这本书,读者会发现生命科学不仅是"顶天立地"的,而且是"纵横捭阖"的。"顶天立地"的特色很好理解,我在许多场合下讲过,指生命科学探索的内容与方法既是尖端的、前沿的,冲击着当代科技的最高峰,同时又是世俗的、生活的,与每个人的生老病死都息息相关,每个人都乐于了解、议论,而不像其他的尖端科技,譬如新材料的研究,甚至航天的研究,普通百姓只是把它看成科学的业绩,人类的荣誉,但与自己的生活无关。人类基因组计划的研究就不一样,它不仅是人类在21世纪初很伟大的一个发现,同时与个人的生活方式与质量,如保健、疾病预防、治疗、康复、生死预期都密切相关。关注它的进展,就是关注自身的生命质量,这样,人们既关心它的前沿性,又关心它的实用性。第二个特点,"纵横捭阖",意思是生命科学超越一般的实证科学,原因是"人"不同于"物",它具有"精灵"般的内涵,在达尔文那里叫"活性"的特质，即穿越技术抚摩人性，实现了自然科学与人文学科、社会科学的交媾、交融。基因组计划的研究，最初主要集中在生物科学层面，但深究下去，就不那么单纯了，它的背后有着非常坚实的哲学、历史、社会、文化的地基，《基因组》这本书追问了，也回答了人类生活当中的很多母题，并上升到哲学层面，"我是谁？""我从哪里来？""我会到哪里去？""什么是生命？""什么是生命的意义？"等等。第一章从"生命"的话语开始，但谋篇行文完全超越了生物学意义的生命概念，将 RNA 看作一个"词"，一道"菜谱"，一种叫"露卡"（Luca）的神秘祖先之胚，那些单纯的数学家、物理学家、化学家运用他们的知识与认知工具都无法深刻揭示生命的遗传、复制、新陈代谢及整体性。包括另一章"物种"，不仅讨论了生物科学的问题，同时也挖掘了人文、社会科学的诸多问题，随后的许多章节干脆就是"历史"、"命运"、"智慧"、"冲突"、"压力"、"自身利益"、"自由意志"、"政治"等社会、心理、人文命题，把它们作为"染色体"的特异性表称，让一切实验室设备都派不上用场，一切纯生物学研究方法都难以描画其"理路"。我们的惯常理解是片面的，像生物学与医学，它不仅仅要关注人类切身的苦痛，而且会追问人类最本质的东西——苦难及其根源。在现实生活中，个体的疼痛起于躯体，随后有了心理的投射，再就是社会（政治、经济、文化）因素的叠加。因此，只会感受躯体不适的小孩子会叫"疼"，叫"痛"，疼痛是医学处理能够对付的小的症状，成人有了复杂的心理影响，他们的诉说就是"痛苦"，不仅有躯体的"痛"，还有心理的"苦"，此时，医学还能处理，但是当一个民族或是人类群体面临疼痛的时候，则是贯穿时代的大命题，就有可能是人类政治、经济、文化机制出现问题了，特效药、手术刀就不起主要作用了，要探寻超乎科技的原因，寻求高于科技手段的方法。这个例子说明什么问题呢？它表明生物科学、医学科学是实现对人类母题的追问和拷打，是人类提升思想、智慧水准的一个通道，一架天梯。回过来再说这本书，它实际上刷新了我们对科学的一些最基本的认识。过去认为科学就是一堆"知识"，是由知识砖瓦堆砌起来的"知识大厦"，其实科学再往上走应该通向"人类理解"，就是站在更高的层面上审视人类的生存状况。另外，科学通过精神跋涉可以实现智慧的升华，通向新的智慧制高点。这些都通过这本书得到了充分的论证。所以非常高兴来推荐这本书。

这本书的译文比较漂亮，我的一位与译者有着大致相同的知识与游学背景的朋友复译了部分原文，他告知我作者不仅中英文功底扎实，而且是在这个领域非常有成绩的青年学者，她对整个生物学进展，特别是基因组研究与整个社会政治、文化的反思和思考从导言里面反映出来，是十分深刻的，有见地的。对人类母题的思考不是一般意义的路径，能"化"个人"体验"为群体"先验"，积言语"小悟"为思想"大觉"，这对于在某一个小的领域里面从事研究的专家来说是不容易做到的，有一份"通家气象"。

《基因组》一书能够在众多学科的专家学者中引起共鸣，反映出这本书提供了一份人类理解与智慧的公共话题。科学的社会化进程给21世纪的中国学人留下一道悬题，即专门知识分子如何向公共知识分子转化，其本质是专门知识如何升华为普世智慧。这本书是一本绝好的自修教程，它可以帮助科学工作者建立起一个对人类命运公共关怀的便捷通道，这是非常有意义的一件事。作者马特·里德利以其深邃、幽默的思想与语言展示了科学的格式塔建构、前沿追逐、问题与方法演示之外的学习和拓展路径，即通过"跑野马"、"反思"来打开新视窗，建立新坐标，寻找新范畴，从而赢得一份凌空翱翔之后精神俯冲的豁然体验。多一个心眼来看，对于那些死守学科边界，拒绝科学与人文贯通，习惯于在知识与智慧天地里低空飞行的人而言，马特·里德利的一片苦心难保不会被当作"驴肝肺"，他的职业编辑身份难保不被划入"反科学文化人"行列，他的书也说不定被武断地贴上"伪科学"作品的标签。这个世界上从来就不缺各种各样的"偏激狂"，只是他们的狂言太缺乏公信力，完全不必认真或者较真地去搭理它。

应当指出，一般读者阅读这本书，一开始的时候也许会被遗传学的核心概念、生物学的专有名词阻挡一下，但是这种阻挡是短暂的。因为全书的结构是一系列明喻或隐喻。从本质上说它要回答的不是科学基因组的问题，无须翔实的专门知识、前沿知识的预备，借助翔实周到的脚注基本上可以通读全书，可以说这本书是完全穿越或拷打人类与人性母题的著作。穿越了头一、二章，以及出现的个别生物学概念之后就会通向人类公共话题。没有生物学背景的读者完全没有阅读与理解障碍，恰恰对于有科技背景的读者需要较好的人文、社会科学预备知识，才能跟随作者的"野马"去"狂奔"。这是本书的一个吊诡之处，文科师生可能比理科师生更容易进入语境，在他们的阅读生活与批评生活中激起更大的波澜，更快的传诵与风行。

我描绘的就是我自己

如果我的目的是获得世人的好感，我就会更好地打扮自己，装模作样地站在他们面前；但我希望穿着朴素自然的日常服装被人看到，不靠技巧，也没有拘束，我描绘的就是我自己。

——蒙田

如同体育竞技，科学的竞技场上龙争虎斗，瞬息万变，因此，科学成就的曝光十分短暂。那么，科学探索的故事，科学英雄的传奇还会激起公众恒久的阅读热情吗？不可一概而论，开卷益何求？要看"谁在写"、"都写了些什么"、"怎么写"，掩卷思何纵？要看"事件"的科学量级、精神容涵、"人物"的景深，书里书外的"慧根"、"余韵"。

很显然，在20世纪彰显人类探索成就的精神橱窗里，沃森、克里克对生命复制之谜的发现——DNA双螺旋模型——占据着相当显赫的位置，人们曾为之加冕、狂欢，人们也感到诧异、好奇，甚至疑问、诘问，为什么是他们？他们如何摘取到悬崖上的"灵芝"？学术探索中如何捕捉那乍现的灵光?

DNA双螺旋结构发现者之一的沃森以探索亲历者的身份，同时以淳朴率性的笔墨撰写了《双螺旋》和《基因·女郎·伽莫夫》，掀开了DNA双螺旋发现之旅的神秘"盖头"，还记叙了随后50年他与他的同事们在基因领域里"挖深井"的"戏后戏"，友情、爱情、亲情交织的"戏外戏"，由此也引出人们对于生命图景和探索生命奥秘的多重思考。

一

沃森成名时还是一个大男孩，才25岁，初出茅庐，凡事从头学起，一任天真，率性做事，本色做人。另一位合作者克里克也才35岁，中途转行攻遗传学，学科根底不深，积累不厚，平时还不拘小节，口无遮拦，高傲自大，缺乏合作精神。但是，睿智、执著、视野广大、思考深邃是他们的共同优点。读《双螺旋》，最强的感受是：这两个愣小子意外早起撞上了机遇之神。可不是吗？DNA的实证论据来自弗兰克琳和威尔金森的X衍射图，模型建构方法来自鲍林，对氢键的计算得益于伽莫夫，对DNA构型的认识来自多纳休，只有双链核苷酸是他们的原创，沃森还直言要坚持实用主义的治学态度，用到什么才学什么，什么方法有用，就用什么方法，只要能"爬上树梢"，就未必去"高台垒土"。他们像两只夜行的"狐狸"，目光敏锐，反应敏捷，能打通各种知识，整合各种方法，将思维的触角伸向创造的天空。当同辈学人深入关注"树木"的时候，沃森与克里克在系统地研究"森林"，因此，他们的成功并非偶然。

与《双螺旋》相比，《基因·女郎·伽莫夫》更接近于自传，编年体谋篇布局，全书没有中心事件，叙往录旧，注重细节的描摹，不厌其烦，师友间互致的便条，与女友约会时的心情与装束，香水的牌号……还穿插了许多表情生动的工作照、生活照，能触摸到生命的温情，他更多的是在写生活，而不是在写事业；在写内心的钟灵毓秀，而不是写外在的成就显赫；在写科学群落的交游，写科学探索中自由意志的伸张，而不是写个体的孤军奋斗，刻板的程式运行，教义的诠释；在写情商的卓越，爱情、友情的珍奇，而不是智商的发达。这大概是美国科学界的写作传统，托马斯·刘易斯写《最年轻的科学》、沃森的老师卢里亚写《老虎机与破试管》，都是一副游侠姿态，而非绅士气。在他们看来，科学是一份自由而真诚，富有神秘感而妙趣内蕴的职业生活，是顽童、大男孩、老男孩们的智力操练，娱心游戏，心头无枷，嘴上无羁，才会有所创造，有所愉悦。相形之下，我们的科学生活略显刻板，略显沉重，而且笔下无情少趣，除了八股腔的学术论文，很少有人能动笔写性灵文字，更别说写自传体的文章了，即使安排"枪手"代笔，也是道德教训有余，生命激情匮乏。因此，在中国，科学与人文的关系一直十分疏离，科学主义的意识容易滋生，科学原创力也受到羁绊，这不能不让人感到无名的焦虑，看来，要激发科学的创新，还必须"反面敷粉"，注重人文素养，讲求文章性灵，着力提倡科学家写自传才对。

二

1946 年，暮年的爱因斯坦在谈及马赫的《力学史》时指出，科学思想中本质上是构造的和思辨的（二元）性质。他还批评了马赫："正是在理论的构造的、思辨的特征赤裸裸地表现出来的那些地方，他却指责了理论，比如在原子运动论中就是这样。"在生物与医学实验研究领域里，与原子运动模型相仿的认知模型要算 DNA 的双螺旋模型了，它不同于疾病的动物模型，后者属于完全客观镜像中的，彻底摒弃思辨的、实证的或者循证的、具象的或者具体的、繁复的而非简约的建构体。作为实验研究对象，它是"一元论"的，缺乏思辨，甚至排斥思辨的介入。尽管这种介入在早期（假说形成阶段）是十分有益的，爱因斯坦称之为"思想实验"，而并非一定就会遁入哲学上的"唯心主义"迷途，但是，生物学实验圈的价值板结却一直未能跳出"一元论"的束缚，沃森－克里克 DNA 双螺旋模型的天才建立（以推导解决了化学链的匹配与缠绕路径问题），并且被公认为自然奥秘的发现成果（如今看来是粗糙的，许多细节是后来补充的，但基本结构与特征仍是无可置疑的），是"自达尔文的书问世以来生物学领域中最轰动的成就"，应该让死守"一元论"的人们警醒，生命现象的研究者不应该仅仅是实验室里生命图景忠实的观察者与记录者，而应该借助人类思辨与智慧的魅力实现创造性的观察、记录与解释。在主、客观两个实验室里同时向科学的深处掘进。

从 DNA 双螺旋模型的首次发表，迄今已有 50 年了，当年荣膺诺贝尔奖的喜悦与辉煌也化作了历史的丰碑。今天，我们回首历史，不必再沉浸到加冕与狂欢的现场之中，去回味往昔的兴奋，而应该潜入思想史的精神隧道，开掘出对未来富有启迪的认知"天窗"来。这对于今天的人们来说，是另一次未完结的"思想实验"，一次新的"精神长跑"。在既往满是荣誉星光的天穹捅出一个"天窗"来，是需要批评的勇气的，需要有"坚不可摧的怀疑态度和独立性"，包括对 DNA 双螺旋模型细节与反向的批评和自我批评。在沃森的自述《双螺旋——发现 DNA 结构的个人经历》一书的导言中，史蒂文·琼斯不无尖刻地写道："该书从遗传的构成上推导遗传的机制，它的基础是理论，而不是实践，是物理，而不是化学（仅仅是化学也是不够的）。曾几何时，遗传学本身的确有变成数学的一个分支的危险。现代统计学主要是在分析杂交试验中发展的，到了沃森和克里克时代，遗传学的一个分支——群体遗传学已经退化到单纯追求精致的地步，而根本不接触实验。"在 1953 年的一次关于 DNA 结构的学术会议上，沃森再一次感受到他的竞争对手莱纳斯·鲍林有着超乎自己的化学直觉，在这次会上，莱纳斯提出了一个重要观点——DNA 的鸟嘌呤（G）和胞嘧啶（C）碱基对是由三个氢键结合在一起的，这比克里克与沃森在那篇最早的《NATURE》论文中提出的要多一个。那时，他们并不知道鸟嘌呤的精确结构，认为第三个氢键也许比前两个要弱很多，因而将其剔除了，后来的实验显示出富含 GC 的 DNA 样品的热稳定性很高。在 DNA 双螺旋结构被发现后的 50 年间，这类不断的纠错与提升的案例太多了，许多是竞争对手间的"竞合"提升。DNA 双螺旋的发现史，未能脱开"竞争"、"征服"、"加冕"、"狂欢"的科学正剧模式，但是，它的续篇却是"峰回路转"，充满了科学英雄征服后的忐忑，加冕后的窘迫，狂欢后的苦闷，这也说明，科学的探索是无限延续的，不像珠峰登顶一样，征服后折返。要永远虚怀一份敬畏之心，开放之心，谦逊之心，去面对全新的自然奥秘。

三

DNA 双螺旋结构的实证论据来自弗兰克琳和威尔金森的 X 衍射图，主要研究者克里克早年在伦敦大学学习物理学，"二战"期间在英国海军部供职，曾对战时雷达性能的改进做出过重要贡献，战后，在薛定谔《生命是什么》一书的感召下转向生命科学的研究，沃森虽然早年学习动物学，但治学上喜欢左顾右盼，打斜井，对物理学有所旁及，进入DNA研究后还临时抱佛脚读了一本关于X衍射的教科书，具备看懂X衍射图的理论基础，他拿的是美国的奖学金，却待在哥本哈根的赫尔曼研究所攻生物化学，中途又转至剑桥佩鲁兹实验室从事X衍射晶体学方面的研究，他的师友与同事中，能开列出一打著名的物理学家，其中不乏物理学诺贝尔奖得主，如英国物理学家劳伦斯·布拉格（1915年获奖）、德国理论物理学家马克斯·德尔布吕克（1969年获奖），以及创立DNA测序方法的美国物理学家沃尔特·吉尔伯特。因此，DNA双螺旋结构的发现和完善与其说是生命科学的突破，不如说是生物学与物理学、物理技术的共同突破，因为在这场发现与发明的探索历程中，物理学、物理学家、物理技术是重要的、不可或缺的参与者，关键技术的发明者，这不同于一般意义上的多学科知识杂合，而必须要承认物理技术在技术突破中的"扳机"效应与"拐杖"价值，它们作为技术的"钢筋"而非"水泥"存在于探索过程之中，生命科学不仅仅整合了这些理论、技术与人才资源，很显然还对其具有技术依赖意义、模型示范意义、研究类型意义，而且不仅仅是技术引领，还有思维认知的引领。毋庸讳言，生命科学的理论研究的成熟度远不如物理学，譬如格里菲斯的基因复制理论，这种理论认为，基因复制需要一个补体（负本），其形状和原体（正本）表面上吻合，就像锁与钥匙的关系，一种典型的机械模型。这种互补体合成的基因复制机理直接影响到沃森－克里克DNA双螺旋模型的碱基排序、配对及分子间引力的计算。

回顾百年医学史，以物理技术（声光电磁）的渗入为标志，现代医学已经不再是职业医师与医学家的医学了，成为多学科精英们探究生命现象与本质的科学竞技场，沃森的导师、1969年诺贝尔生理学或医学奖得主之一卢里亚，虽然早年受过系统的医学教育，后来却迷恋物理学的革命性激荡，兴趣转到放射学与生物物理学领域，他在自传《老虎机与破试管》中坦言，他一直对职业医师兴趣索然。1979年诺贝尔生理学或医学奖获奖者也是一位物理学家，叫柯马克，完全是非常偶然地闯入了医用X射线研究领域，从体内X射线减量联想到体外X射线的减量，提出以不同角度做X射线照射可能测完内部结构。计算机专家洪斯菲尔德在与柯马克没有横向联系的情况下完成了电子计算机X射线断层扫描摄影仪（CT）的设计，与柯马克分享了当年的诺贝尔奖。20世纪的下半叶，诺贝尔生理学或医学奖就多次落入非医学专家囊中，这在物理学、化学奖颁奖史上是十分少见的。

四

史蒂文·琼斯曾无限感慨地说：达尔文将人类从顶端处拉了下来，DNA将人类的面孔碾碎成生物学意义上的浆汁。这个过程不过一百年光景，如今，从宇宙、生物圈、动物王国、植物王国，到人类的层析式认知，躯体、器官、组织、细胞、亚细胞、DNA、基因片段……还原论的洋葱已经剥到"心"了，有机生命与无机物质的分水岭就在眼前，从生物碱基转变成有生命表达的基因片段，DNA 的合成与复制，标示了生命的拐点所在。随后也迎来克隆技术的诞生，尽管人们可以希冀基因技术将会带来医学革命，通过替代有缺陷的、危险的 DNA 能够治愈人类的遗传病，延缓衰老，对抗癌症、糖尿病等等医疗奇迹，但是也把人们拖入由克隆人带来的恐惧之中，基因工厂、基因工程除了给人类造福之外，还将给人类带来何种危险与灾难，不得而知。基因密码的"黑匣子"的背后已经不仅仅是技术命题与技术纠错了。它涉及社会、心理、伦理，乃至政治、历史、文化传统的诸多冲突与失重，将面临由基因再造引发的社会心理、伦理再造，乃至文化再造。这是新技术的魅力，也是新技术的魔力。科学是一把双刃剑，在 20 世纪，核技术的应用已经敲响了警钟，基因技术也应该在飙升中寻求安妥与平衡。

DNA 双螺旋结构的发现以及随后的基因突破已经抵达有机生命与无机物质的拐点，或许这可能可算是"还原论"盛行 200 年以来价值向度与惯性上的最后一次辉煌了。"还原论"在生命科学领域里所承担的认识掘进的使命已经逼近终点，就像当年恩格斯在他的《自然辩证法》一书所预言的那样，科学的分析时代必然滑向综合时代，还原论作为分析时代里的"柳叶刀"，刀尖已经刺到骨膜了，下一刀该往哪里扎？是否该回腕旁出了？在我看来，生命科学的下一个攻坚堡垒应该是脑科学的玄妙，智者通玄，如意识的形成，神经—内分泌、皮层—躯体、生物—心理—行为—社会的多元整合与系统协同机制，大概探索的路途不会像还原论者抄一把快刀顺势剥"洋葱皮"那般轻松吧。

一部医学史，惊涛拍岸，丰碑林立。然而，许多丰碑上不仅仅镌刻着技术的辉煌，而且也是思想史、心灵史的楼梯口，人类由此提升了个体生命的精神海拔与人类智慧的高度。50年前的DNA双螺旋结构的发现就是这样一个精神"事件"。它的主角不必一定是科学的"绅士"与"淑女"，有时候，科学"顽童"与"怪才"常常能奇峰突起，折桂蟾宫，他们不仅是技术竞技场上的胜利者，而且还是研究"路径"的颠覆者，把后来的探索者引向"斜径"；如果我们能穿越生物学实验的程式化迷宫，就能洞察到思想实验的创新价值；如果我们能跳出狭小的职业技术生涯，站在人类技术史的长河边回望，就不难发现现代物理学在技术与思维上的"领航"意义，它对于50年来生命科学的引领尤其显著；如果我们爬上历史的钟摆去看生物学的演变，就能从理性的轨道上推断出曾经笼罩医学科学200年的"还原论"认知工具在DNA发现之后已逼近它的价值终点。

（《双螺旋——发现DNA结构的个人经历》，詹姆斯·沃森著，田洺译，生活·读书·新知三联书店2001年版；《基因·女郎·伽莫夫——发现双螺旋之后》，詹姆斯·沃森著，钟扬等译，上海科技教育出版社2003年版）

一个技术主义者的自白

关于《DNA：生命的秘密》与田松对话

王一方：对于年轻读者来说，得知沃森的新书《DNA：生命的秘密》出版，第一个念头或许是："沃森老矣，尚能思否？"可不是嘛，岁月荏苒，光阴如箭，当年以25岁问鼎诺奖的天才俊杰转眼间已成为82岁的耄耋老人了。江山代有才人出，只能是"各领风骚数十年"，"双螺旋"结构开辟一代研究之风之后渐渐式微，不再是中心话语了，随之而来的是"基因测序"（人类基因组计划的核心技术）、"基因重组"，如今当红的新词是"辛西娅"（人工合成基因）。2010年5月20日，美国生物学家文特尔在《科学》杂志上宣告，他领导的文特尔研究所成功制造出第一个人造合成细胞，一种人造丝状支原体，文特尔给它起了一个名字"辛西娅"（synthia），也就是合成（synthetic）之意，这是人类首次完成完全由人工制造的DNA控制的细胞。

田松：以八十高龄而继续出书，就此我也要对沃森致敬。如果是20年前我读到了这本书，我恐怕会顶礼膜拜，即使十年前，我也会大唱赞歌。7年前，我曾为沃森的另一部著作《基因·女郎·伽莫夫——发现双螺旋之后》写过评论，对沃森的科学发现和爱情往事唏嘘感慨，也试图为科学涂上更多的温情——虽然同时也在消解科学及科学家的神圣。不过，到了今天，我更多的则是不以为然。你问得好，沃森老矣，尚能思否？作为一个充满生活情趣，在选择工作场所时都要把是否有更多漂亮姑娘出没作为参数的科学家，我相信沃森会有更多的人文情怀。不过，期望沃森对自己的工作有所反思，我想不大可能。

王一方：在我看来，沃森与他生活中的腼腆、害羞相反，他很擅长驾驭大众媒介，运用传记展现自己的羽毛，他是当今诺贝尔生理学或医学奖得主中拥有传记最多的人，其中两部是自传。1968年，沃森发表了《双螺旋——发现DNA结构的个人经历》，被称为"这是如何发现DNA结构的我的版本"。2001年，在纪念双螺旋50周年前夕，他又在妻子利兹的激励下发表了《基因·女郎·伽莫夫》。2007年，匈牙利生物学家伊什特万以三次深度访谈为基础写出的《DNA博士——与沃森的坦诚对话》在新加坡出版。关于DNA发现的细节可谓展露无遗，此时，再推出新书《DNA：生命的秘密》，还有新的秘密可言吗？

田松：其实，从沃森的夫子自道，我还是觉得沃森是一个可爱的科学家，他不是一个狭隘的专家，有广泛的知识关怀，也在思考人类的前途和未来，并且，如你所说，他热爱向公众展示羽毛——当然他认为那是美丽的羽毛。

这使得对于我们来说，沃森就成为一个很好的科学家的标本，让我们了解，一个科学家对于其专业的态度，对于科学的基本看法，对于科学与社会关系、与人类命运等问题的一般看法。在这个意义上，沃森的这部新书，是值得我们研究的。

王一方：科学大师晚年都有人文转向的特点，喜谈哲理，追求慧根，沃森也不例外。在这本新书中，沃森的历史感与未来感都比先前的几本要宏阔，开篇就把话题焦点推到孟德尔的遗传学实验，上溯至达尔文的进化学说，并扯出其表弟高尔顿的优生学理想。特别有趣的是，他将早期优生学的探索锁定在美国本土，认为正是他的前辈、1910年代的冷泉港实验室主任达文波特推动基于科学观测和记录的优生学社会运动（对退化者实行强制绝育），"二战"期间希特勒的优生学理论不过是拾美国老师的牙慧，当然纳粹在种族杀戮与清洗方面可谓登峰造极。恰恰是这种疯狂行径使现代遗传学的声誉扫地，为"天性与教养"孰轻孰重的论证蒙上一层伦理阴影，很显然，沃森是坚持"基因决定论"的，甚至表露出种族、性别歧视的倾向，他本人就是因为白人优越论的言论而丢掉冷泉港实验室主任职位的，在书中还认定《弗兰肯斯坦》小说并非玛丽·雪莱的作品，而是雪莱所为，只是假借夫人之名发表而已，显然贬低了女性的文学原创力。评论家肖斯塔克曾调侃他的片面与偏激："就像爱情之于少年郎，基因令沃森一见倾心，使他看不见其他人和其他事。"同时代的大师鲍林甚至说："一提起 DNA，他就成了一个'偏激狂'。"因此，如果要画出一道基线，这本新书就是一部"天性大于教养"（基因决定论）的辩护书。

田松：沃森当然是一位还原论者。我们可以注意到，沃森专门给薛定谔的名著《生命是什么》的封面以一页纸的位置。这是一部扭转了 20 世纪生物学方向的著作。薛定谔以一位物理学家的身份，从物理学的视角讨论生命问题，从而使一大批年轻的物理学家（物理专业的学生）转向了生物学。从此，生物学由博物学变成了数理科学，物理学的基本观念和基本方法（机械论、决定论、还原论）完全攻占了生物学。而沃森和克里克获得诺贝尔奖的工作，DNA 双螺旋结构的发现，在这个过程中，无疑是一个巨大的里程碑。在物理世界，人们相信，宏观的物质存在着更基本的物质单元。在生物世界，人们也相信，基因已经先在地决定了生命的一切可能性质。反过来，生命的一切性质，都存贮在基因之中。基因，就是生命之砖。而沃森和克里克则发现了生命之砖的结构。此后的基因工程、基因测序、人造生命、克隆等一切新花样，都是在沃森工作的基础上进行的。所以沃森会以《DNA：生命的秘密》为本书的书名。当然，在某种意义上，也是对薛定谔的一个回应。

王一方：不过，沃森不同于封堵对手之口的辩手，他似乎对自己的研究有足够的信心，因此，为反面的观点预留了叙述的空间，以展现自身的辩论优势。譬如，他介绍了上世纪 70 年代的爱希勒玛会议的始末（为防止基因重组的不可控，由斯坦福大学的伯格出面吁请各路"豪杰"暂停研究进程，聚会讨论基因伦理规范)，但将其归咎于媒体的"危机幻想"夸大了对基因重组技术的恐惧，误导了社会舆论，为政客（特指坎布里奇市长路维奇）借基因重组话题的政治作秀提供了舞台，结果是延缓了科学技术发展的速度，耽误了一代科学家的学术青春。更可怕的是打碎了遗传病人对这项新技术的殷切期待，这显然是赤裸裸的技术主义逻辑。沃森在书中也不忘为因转基因作物研究与推广而饱受社会责难的孟山都公司辩护，他甚至将电影《千钧一发》（一部以基因歧视为主题的科幻影片，意在唤起人们对基因技术与伦理冲突的警觉，其经典台词是"没有基因可以决定人类精神"）作为靶子逐一进行驳斥，这类文学与艺术作品不是杞人忧天，而是因为对遗传学的无知、顽愚，以及对科学技术的无端恐惧和责难。他的立论有二，一是科学家天然纯洁论，二是精神（爱、责任、善良等）必然还原于物质化的结构，它的本质不过是同名基因功能的表达。基因增益技术将会是这个世界走向永恒的幸福和安康，更少的痛苦与忧伤，更多的爱与快乐，全可托付给基因技术的进步。尽管有风险，我们仍应该认真考虑生殖细胞基因疗法。

田松：对于沃森的这种观点，我是可以想象的。人只能看到他所能够看到的。沃森年轻的时候，正是科学蒸蒸日上的时期，人们对科学寄托了美好的理想，科学家也坚信他们能够为人类造福，除了物理学家制造的原子武器给人类社会带来一些忧虑，总的来说，科学的形象是光明的、纯洁的。科学这个职业本身，简直是天使一般纯洁。所以沃森相信科学家的纯洁，是非常自然的。不过，就在沃森获得诺贝尔奖的那一年，1962年，蕾切尔·卡森出版了《寂静的春天》，科学的形象从此发生了巨大的变化，每况愈下。我相信，这些对沃森造成了很大的困扰，但是并没有动摇他年轻时形成的信念。我相信，在面对这些困扰时，他的应对方案必然是：好的归科学，坏的归魔鬼。

王一方：沃森的基因技术乌托邦实在是美妙至极，他甚至还断言人工选择一定优于自然选择，他这样写道："在我的职业生涯中，自从发现双螺旋之后，我对于进化镶嵌在我们每个细胞里的杰作满怀赞叹，但是自然（选择）机制残酷地、随意地造成的遗传劣势与遗传缺陷，也让我满怀痛苦，尤其当受害者是孩童时。在过去，消除那些有害的基因突变属于自然选择的管辖范畴，而自然选择是一个效率极高但非常残忍的过程。"言下之意，科学家要全面接管自然选择（上帝的职能），无论是替代还是改造，都要承担新的使命，扮演上帝的角色。他要求技术专家在即将来临的伦理论战中坚定立场。"如果这项工作被称为优生学（他要以诺奖得主这样的科学英雄称号来为优生学正名），那么我就算是优生学家吧。"这番完全不顾历史教训的狂言倒是自动打消了天然纯洁论的光环，凸显了他技术主义的狂傲本色，只会激起人文主义阵营更强烈的忧虑。技术发现的突出成就不能成为伦理豁免的盔甲，无怪乎他昔日的老师卢里亚也批评他后来成了"蛮横的科学政客"。

田松： 是啊，人要否定自己的信仰，要在炼狱里走过。沃森能够看到他所控制的，而对于他不能控制的，他会认为随着技术的进步，早晚能够控制。他能够看到基因技术给人类带来的暂时的某些便利，某些好处，而对于其坏处，他自然相信，随着技术的进步会得到解决，对于可能的坏处，他当然也认为不能因噎废食，科学总是要前进的，因为科学可能有风险而阻挡科学的前进，那自然是人文学者基于无知的恐慌，在对他们进行妖魔化。实际上，这种观点在中国有非常庞大的市场，所以沃森是个很好的标本，供我们分析科学家的心理。

王一方： 在西方社会，没有我们那么多的诺奖崇拜，沃森的言行在德国就遭到过痛斥，德国联邦医师理事会会长指责他"遵循纳粹的逻辑，把生命区分为值得活与不值得活两种"。甚至当时的德国总统约翰内斯·劳也著文与沃森辩论，指出："价值与意义不能仅仅以知识为根据。"沃森辩护说虔诚的基督徒通常从宗教启示中寻求真相，而身为科学家的我则靠观察与实验来寻找真相，但是，"二战"中纳粹医生的暴行告诉我们，科学不仅需要得到真相，还需要得到真理和真谛，不仅需要正确，还需要正义。看来，沃森还需要重回奥斯维辛集中营，去省思科学技术与人类苦难的关系。历史的钟声已经宣判单向度裸奔的技术必定给人类造成深重的罪孽。人道价值永远高于技术的功利。

田松： 最近我提出了一个相对激烈的口号：要警惕

科学，要警惕科学家。当科学家给我们拿出一个新奇的东西炫耀的时候，我们首先不是要赞美，要歌颂，而是要警惕。近一百年来，尤其是战后半个世纪，科学及其技术已经导致了严重的生态危机，仅仅把这些问题归结为技术的不当应用，是难以解释的。在我看来，这是由于基于机械论、决定论、还原论的数理科学的技术，与大自然自身的运行存在着内在的冲突。科学需要有整体的转变。但是很遗憾，沃森有足够的运气开启一个时代的大门，但是却没有足够的勇气去反思这个时代。

苏珊·桑塔格：病人思想家

"滑丝"是钳工、水暖工常常遇到的麻烦，螺纹凸凹间匹配松滑，无论如何使劲都无法"紧固"，随意出现"滑脱"。其实，学术上也有一种精神"滑丝"与思想"滑脱"，令学界困顿，造就了一个时代的思想停滞与平庸。此时，人们需要重新"刻丝"，才能根治"滑脱"。然而，不是每一位学者都是思想史意义上的"刻丝者"，尤其鲜有女性学人。但是，苏珊·桑塔格却是一个特例。

对于医学哲学界来说，苏珊无疑是一个圈外的"陌生人"，她不是医生，只是一个病人，一个病史丰富的思想家病人，或者病人思想家，以至于许多医学界的朋友不知她的来历和显赫地位（她是美国思想界声名显赫的人物，她的精神独立、文章酣劲，锋芒文采兼备，集思想家的深刻、学者的谨严、作家的文采于一身，她被誉为"美国的良知"，与西蒙娜·波伏娃、汉娜·阿伦特并称为西方当代最重要的女性知识分子），常常错过她的著作和思想。但如果认真研读她的作品，就会发现：对于20世纪的医学思想史来说，苏珊是一盏"桅灯"。

这位目光深邃，饱含忧郁的知识女性命运多舛，她幼年丧父（其父早年在中国天津经营皮货，35岁时殁于肺结核），一生中多次与死神交手，最终于2004年12月28日死于白血病，在被白血病最终击倒之前，苏珊曾两度罹患癌症，先是乳腺癌（70年代中叶），然后是子宫癌（90年代），但经历漫长的求医和痛苦的化疗，她两次死里逃生。

1978年，长期从事文艺批评和小说创作的苏珊·桑塔格开始着迷于"疾病的隐喻"的写作，这源自她罹患癌症的切身体验。在持续数年的治疗中，她深深地感到，在疾病带来的痛苦之外，还有一种更为可怕的痛苦，那就是关于疾病意义的阐释以及由此导致的对于疾病和死亡的态度。在很多人的眼里，癌症＝死亡，死亡的隐喻缠绕着癌症，这使很多患者悲痛和沉沦，甚至放弃治疗。不仅如此，癌症还喻指着人格上的缺陷，"癌症被认为是这么一种疾病，容易患上此病的是那些心理受挫的人，不能发泄自己的人，以及遭受压抑的人——特别是那些压抑自己的肝火或者性欲的人"。原本躯体的疾病，却被过度"隐喻"，从中阐发出种种道德、政治和文化意义来。于是，她决定写一本探讨"疾病隐喻"的书，要将病人从隐喻中"解放"出来，首先要"揭露、批判、细究和穷尽"这些隐喻。这本书里，苏珊没有囿于个人体验，而是将投枪瞄准当代疾病史，全书由《作为隐喻的疾病》及《艾滋病及其隐喻》两篇文章组成，作者考察并批判了结核病（她父亲的克星）、艾滋病、癌症等疾病如何在社会的演绎中逐渐隐喻化，一个医学事件如何演化成一个文学事件、一个道德事件、一个政治事件，甚至是一个经济事件的历程。书中，苏珊还涉及了"隐喻"方法的本质，即"以他物之名名此物"（社会幻象的形成），以及隐喻性思维的发生发展过程，在今天，也许更需要被纳入我们对疾病与人、与社会及文化之关系的研究视野，并通过田野文本分析的方法，给予更多的关注与思考。为公众理解疾病（同样也是误解疾病）提供了一套非医学的解释系统，疾病和伴生的痛苦是活的"炼狱"，既可以提升一个人的灵魂，也可降低一个人的灵魂。疾病的世界彻底分化了，医生的世界恰恰是狭小的世界，更阔大的世界是病人的幻象世界，以及小说家建构的想象（富含隐喻的）世界。不过，如果将苏珊的医学人文立场理解为劝慰病人摒弃一切主观的幻象，回到诊疗室里聆听医生客观主义的技术干预指令，那就是片面地理解或者干脆误读她的思想和姿态了。在她的思想基调中，固然有"反对阐释"（反抗"感性主义"），还原"词"与"物"的朴素关系的一面，也有质疑"客观主义"与"技术中立"的另一面。

她同期的作品《论摄影》，以及生前最后一部作品《关于他人的痛苦》都聚焦于质疑与批评"镜—像"关系的另一面，她告诫沉迷于影像世界的人们（尤其是医学界）：不应该陶醉于那"并非真实本身而仅是真实的影像之中"，警惕"照片对这个世界的篡改"，摄影"是核实经验的一种方式，也是拒绝经验的一种方式"，"既是一种假在场，又是不在场的标志"（或然性）。对于医学来说，"遭遇痛苦是一回事，与拍摄下来的痛苦的影像生活在一起是另一回事"，因此，她提出："照片是一种观看的语法，更重要的是，是一种观看的伦理学。"这对于日益迷信，不断加重依赖影像资料的医学界来说，无疑是一声"棒喝"，难道我们对疾病现实的解读一定要通过影像来实现吗？

苏珊把我们领回了轴心时代，柏拉图当年曾经用寓言揭示了这个秘密，在《理想国》第七章中，柏拉图描述了一个"洞穴"，人一生下来就被"囚禁"在这个洞穴里，手脚被绑着，身体和头都不能动，他们的眼前是洞壁，他们的背后是一个过台，过台背后是火光，火光把过台上人来人往的活动投射到洞壁上，洞穴里的囚徒便以为洞壁上晃动的影像是真实的。柏拉图告诉人们，洞穴就是我们的世界。恍惚间错把火光的投影当作了真实，我们能周旋的世界竟是如此狭小不堪。苏珊看来：人类无可救赎地留在柏拉图的洞穴里。我们看不到真实，却妄图通过摄影自成一个世界（以影像技术来营造一个被命名的真实世界）。无疑重影像而轻实在，重副本而轻原件，将成为一个世纪的"滑脱"。

晚年，苏珊·桑塔格写了《关于他者的痛苦》，通过对战争影像的反思，揭示了影像泛滥对我们心灵的"钝化效应"，因为过量的影像常常使注意力、同情心麻木、衰减，也使得医学生的"感受新鲜感"和"道德的关切感"

逐渐销蚀殆尽，这不只是影像的依赖症、强迫症问题，而是如何"审视他者痛苦"的伦理角色与职业精神命题。苏珊提醒我们，在道德陌生人与技术跋扈的语境中，他者的痛苦不可能自发地（抑或自觉地）"位移"或"转化"为自我的痛苦，无论是体验上，还是理论上，抑或实践上，对于他者痛苦的"感同身受"（移情）都是不充分（甚至是不可能）的，相反，对他者痛苦的漠视（麻木或遗忘）却是人类良知难以跨越的"鸿沟"，也是医学人文的永恒呼唤。

每一桩医术都是心术

在中文语汇里，"心术"总是被缀连成贬义词，譬如"心术不正"、"心术诡异"，似乎没心没肺、只知挥胳膊流汗才算纯粹，在医患关系复杂微妙的当下，畅销书作家六六将医生与"心术"扯上瓜葛，实在有些造次。合上《心术》之时，方才知道六六用心良苦。

经过6个月的医院卧底体验，六六以速写（甚至有些游戏）般的叙事手法勾勒了当下的医务生活。医院里的"有术人"皆成了"有心人"，不仅心系医事、世情，还牵系人情、感情、欢欲，形象不算丰满、性格不算鲜明的各色"有心人"，都以侧影或模糊轮廓登场（主人公到了中场才亮出名字，其余各位重头人物也都以辈分、绰号登场），但一派超然、平和、机智、幽默（刚刚遭遇中年危机的六六需要这份姿态），医事、情事、家事，各自应付裕如，似乎医患之间没有解不开的结，没有迈不过的坎，大夫手艺有高下，品行皆归于"中道"（唯有主任是一个异数），理想主义者也没那么崇高，现实主义者也没那么堕落，凡事皆有因，诸说皆成理，有点存在主义哲学的影子。其实，这本书寄寓着六六沉重的职业道义感，她在题记中这样写道："世界上有三样东西对人类最重要，信、望、爱，我能看到对三个字最好的诠释，就是医院。"可以说整个故事、人物都是沿着这三个路标前行的。

医患之间最沉重的话题就是"信"，冰山之尖是双方的诚实、信任，医方的信誉，深层的东西则是职业信仰，是浩然之气。故事里，老板（科主任）、科组长、大师兄、二师兄身上所流淌的正是这种无形的气息，面对陕北乡下男孩月金的倾力相救，即使是预感到麻烦（官司）缠身的无名老妇的收治与手术，都义无反顾地承担下来，而面对电视台的移花接木手术拍摄却毫不惋惜地"落单"了。或许，在医院里少不了善意的欺瞒，但恶意的欺骗、欺诈，游戏（轻飘）般轻贱，对于绝大多数医者来说都是不齿的，也是不容的。在现实生活中，美德是沉重的，不过，书中有医闹作乱，也有老十三、月金爹这样正直善良的病患家人，支撑着医者的信念，月金爹坚信："不能欠先生和大夫的钱，不能没人教书，没人看病了。"不过，面对医疗危局、残局，医患互相戒备，自我辩护也是自然的，但在法制的约束下不要走得太远，转机总会来临的。书中的医生"孤美人"在一场大病之后完全改变了职业冷漠，打人索赔的病人在二次就医时被医者感动了，退还了赔资，主动道歉，高度配合治疗。

毫无疑问，疾病危厄无望、绝望的深渊之中，医院就是希望。然而，如果失去对生命归途的顺应性理解，一味地将生命的欲望化作一种奢望，追逐药（术）到病除，钱到病退，长生不死，永远健康，则是一种无知无畏的荒谬，由此，派生出人们对痛苦、死亡的极度恐惧、恐慌，许多疾病的快速恶化，许多医患之间的无理冲突都源自这个死结打不开。生老病死是一种人生的归途，只能顺应，无法抗拒，现代医学的发达也没能改变这个"生寄死归"的自然法则，有了豁达的生死观、苦难观，才会有坦然的医疗观。生命中，不是一切长寿都是惬意的，巴金甚至在他百年诞辰时戏言："我是为别人活着，长寿对我是一种惩罚。"六六是导师级的情感作家，擅长男女私情的摩挲，书中自然处处流淌着爱欲，不过，职业关爱毕竟有别于家庭、男女之间的恩爱、情爱与性爱，却又纠缠在一起。书中大师兄对身患严重肾病需要移植手术的女儿南南的慈爱与对病友的挚诚之爱就是共通的、移情的，正是这份爱构成了他职业大爱的底色；同样，二师兄、李刚、主人公我对病友亲属（女儿）的恋情衍生了特有的医患之爱，医护之间的情爱（二师兄与美小护）也为职业之爱实现着铺垫。因为一个懂得爱、沉浸在爱河里的职业人总是会本能地将冷漠拒之门外。

　　回溯六六近年的创作，几乎都是文学家的笔，社会学家的眼，不断追逐民生"沸点"，真是"哪壶不开提哪壶"。其实，距离太近，难免遁入新闻报道式的浅井，文学更需要思想的积蕴，需要远距离思考，好在人是可以跑动中思考的动物，六六的文学直觉恰恰是宝贵的。譬如，面对越来越尖锐的社会性的医患矛盾，六六显得很通达，如同一位神医洞悉到某个病具有自愈倾向，完全不必太过忧虑。产生于特定时期社会经济背景下的医患冲突也有着自我缓解的机制，在六六看来，医生们要学坏也难，因为"每一个拯救者首先是一个蒙难者"，他们身上承受着、迎击着更多的苦难，譬如书中大师兄女儿的绝症，"孤美人"自身罹患淋巴瘤，因此，在上帝面前，他们与患者首先是同病相怜的难友，而不是为利益搏杀的对手。因此，无需道德教化的引导，大病之后的"孤美人"不是成为病人的贴心人了吗？我们共同需要改变的是对健康、疾病、死亡和医疗的基本态度，坦然面对疾病与生死，别那么恐惧，别那么忧伤，别那么奢求（药到病除，钱到病退），人生正道是沧桑，沧桑是什么？就是面对死神，悲欣交集，就是生寄死归，就是向死而生，医患双方都明白这一点道理，天大的怒气（矛盾）也会平复。

汪曾祺看牙

　　汪曾祺是当代文坛的一面大旗，他的乡土小说、现代戏剧、性灵散文都让阅读和书写中文的人们心中升起一份自豪。感叹着：原来使用我们的母语表达情感，寄寓情趣，抒发情怀会有如此的欣乐。汪先生擅为文章，常常为草根苦难落墨，他笔下曾经写活过一位"乱世"遇"非命"的妇产科大夫"陈小手"，让人感叹命运无情也无轨。生活中，汪先生对于医院、医生有着一份细腻的观察和感悟，他晚年病牙，经常去医院。人常说：牙科诊室如同"五金作坊"，牙科医生也会时常动"粗"，于是，病人常常战战兢兢去应诊。一次，汪先生去就诊，被唤进牙科诊疗室，四下打量，在医生的"兵器"旁边发现了一本折了角的《都德短篇小说选》，未及交谈，心情便坦然了，心想："把我这口牙交给一位懂都德的医生去处置是放心的。"果然，他遭逢了一次愉快的诊疗经历。

　　读懂都德的医生，能让病人心境坦然，让诊疗过程轻松、愉悦，这是一种什么魔力？在医患关系遭遇冰霜的今天，如果有这样神奇的文学作品，能缓解、治疗医生或多或少的冷漠症，那就简单了，写一个提案，敦请卫生行政部门给医护人员配发，或是呼吁社会各界给医院捐赠一批都德作品集，然后延聘最著名的外国文学教授去医院专题讲解都德岂不就天下无忧了吗？很显然，这种幻想是天真的，也是不现实的。但是，我们的医生，我们的病人，如果能够通过像"都德作品"这样的"沐浴在普罗旺斯堇色阳光下，品味着人文主义的玫瑰般梦幻感受"的文学作品的熏陶，唤起内心的一份悲悯、虔敬、温情、诗性，对于医生来说，不仅可以促进职业道德的情感内化，也是职业快乐的源泉。对于病人来说，培育与建立文学理解、人格信任，形成心地坦诚的"诊疗共同体"，这才是解救疾苦的"诺亚方舟"。

说起都德，人们很快就会想起那篇著名的作品《最后一课》，小说写的是 1871 年普法战争结束时刻，战败的法国被迫将阿尔萨斯和洛林两个省划归普鲁士，柏林当局宣布这两个省的学校放弃原先的法语教学而只能教授德语。《最后一课》就是以此为背景的作品。其实，相对于都德的整体创作而言，普法战争题材只是一条副线。在文学史的高地上，在汪曾祺先生心绪中盘旋不散的，更应是描写故乡普罗旺斯（法国南部乡村，这里也曾成就了凡·高的绝世绘画）金色阳光下温宁恬静的乡土生活、人性袒露，应是那部不朽的作品《磨坊书简》。令汪先生深深感叹的那种能呼唤医生人性复归的都德魔力，主要指的是淳朴的磨坊风情与乡土神韵。

　　都德（1840—1897）的一生是饱经痛苦和苦难的一生，且不说他早年家境突变，一时沦为贫贱，他还长年与病魔相伴而行。由于家境陡落，他自幼体弱多病，青年时代曾经染上"才子病"肺结核，并且发展至咯血，是乡间的阳光和空气让他逐渐康复，壮年时分健康状况一直不佳，44岁时患上一种难治的脊髓疾病，造成运动功能失调。随后，病情日渐恶化，1897年12月16日，忍受了13年肉体痛苦的都德于晚餐时突然仆地，不治身亡，只活了57岁。

　　疾病给都德带来了忧郁、痛苦和死亡的恐惧，也给都德的写作镀上一层人性洞察的机敏、伤感、焦虑和惆怅，他笔下的自然界的一切总是那么灿烂，坦荡，恬恬静静，悠悠扬扬，乡民、小人物总是那么纯粹、坚韧、幽默、灵秀，他在写作中忘却了躯体的痛，抚平了心头的苦，把自然的质朴与旷达，生命的飘零与昂扬，人性的撕裂与坚守通过一个个鲜活的故事呈现给他的读者——也包括以职业姿态面对疾苦的医生们。

　　或许有人会犯疑，都德的作品几乎没有描写医院场景的，也不是以病人、医生作为主人公，为何要将它特别推荐给终日劳碌的医务工作者呢？汪曾祺先生甚至还声称将患病的躯体、受难的生命托付给懂得都德的大夫是放心的，按照实验室的逻辑来分析完全没有理由嘛。这就是文学对心灵的滋润机制，不需要理由，都德文字缝隙里的那份淡淡的忧伤，那缕徐徐的诗意，那种娓娓道来的细述，分明就是现代职业医生的理想气质。

都德的小说是虚构的，想象是飞翔的，但它带给我们的感动是真实的，传递给我们的诗意是真实的，给心头的启悟是真实的，给我们灵魂的回响是真实的，字里行间的温暖、正直、纯粹和善良是真实的，这些都是无须怀疑的。读一点都德吧，我的医生朋友们。

由大英博物馆的建馆史说开来

去伦敦旅行，大英博物馆是应该去逛逛的，这家当今世界上最著名的博物馆创建于1753年，距今才253年，不算太沧桑。徜徉其间，最让人感到诧异的是，它的建馆竟是由一位名叫汉斯·斯隆（Sir Hans Sloane）的英国医生捐助个人藏品发端的，而不是臆想中的皇家"壮举"。斯隆是一位毕生酷爱古玩、古物的临床医生（后来受封为爵士），他生于1660年，自幼喜爱自然与科学探索，后来成为一位医术高明的医生，他的行医足迹不限于英伦三岛，还远及西印度群岛与非洲，正是他高超的医术才为他的古玩收藏提供了经济基础，在他留下的著作中，有一本关于牙买加自然史的书至今仍然被人提及。1753年，斯隆大夫以93岁高龄谢世，身后留下75975件珍贵的古玩、古物收藏品，还有大批植物标本以及数以万计的藏书资料，斯隆留下遗言，将这些藏品与藏书交予英王乔治二世献给国家，向那些"好学与好奇之士"展示。后来，英国议会决定成立一个博物馆董事会，由著名的坎特伯雷大主教亲任董事长，通过发行彩票募集馆舍资金，然后系统陈列对外开放。5 年之后，善款募足，董事会决定买下一座 17 世纪晚期的建筑——蒙塔古大厦作为馆舍，随后，由英王命名为"大英博物馆"的斯隆藏品展览于 1759 年 1 月 15 日首次对公众开放。此时，正是斯隆大夫的百年诞辰。尽管今天的大英博物馆的规模扩大了，藏品也已经大大丰富了，但不可否定，斯隆大夫的收藏与捐助启动了大英博物馆的建立。

也许，今天的人们会讲斯隆大夫的故事是一个无法追随的特例，那个百科全书时代的特例，但是，斯隆的意义并非收藏古玩古物，而是博物情怀背后的职业生存方式。斯隆告诉人们，在医学（一切技术的）人生中有一个巨大的精神天幕，打开天幕，医生是可以诗意生存的。他的巨大身影昭示着博物学是一条幽雅的精神路径和姿态，沿着这条羊肠小道，可以寻访到医学的美学意义、社会责任、对于自然与知识的批评意识，获得观察世界与人性、人情的多元视角与宽容心态，在体制化的医学与医疗束缚下心存对自然的永恒好奇，天真与真诚，使得医学真正成为一门人学，改造当下刻板的技术人格，塑造人格化的技术，找回技术时代里失落的人文"草帽"。

在今天，博物学似乎已经不再是一门学科，而是一种眼光与方法。倘若一定要定义为学科，也是一门难以精确界定与描述的横断学科，人人都能议论一番，但人人都无法深谈下去。在自然哲学盛行的年代里，如西方的古希腊、古罗马时代，在中国的先秦、两汉时期，博物眼光与情怀是人们对自然的认知路径，是混沌的、模糊的、移情的、审美的幻象与天才臆测，是一种通家气象（多元、会通、宽容），所谓"究天人之际，通古今之变"。然而，进入实验科学阶段，这种路径受到还原论的诘难与排斥，随着技术进步带来科学研究的精致与精密，于是，博物学方法成为一种既往的自然哲学，特征是解释性差，但容涵性却十分丰富。最终，还是由科学哲学学者来界定与诠释，譬如吴国盛教授曾指出博物学关怀有两种解释：一是弱解释，指个体自然情趣的养成与开发，是审美向度的自然体验，开启了哲学向度的自然理解与反思；二是强解释，指自然科学重归自然，与自然和解的形式，建立"人的科学"与"自然的科学"的必然联系。后者是类型意义的博物科学（有别于主流化的数理科学）。生物医学恰恰可以从博物科学这面镜子中审视自我的迷惘和异化。

博物情怀的最初体验与认知源于对自然的关爱，由山石、植物、动物然后递延至人造器物，原始艺术大多源于自然风物与风情，而人正是上帝的艺术，是万物之精灵，因此，中国医学、天文学在早期（经验医学时代）的发生与发展中也就烙上深深的博物学印痕，不仅是博物视野，还有博物精神，从《山海经》到《本草纲目》，中国传统的药物学几乎都是"博物志"，动植物特性、栽培要领、属地风物志、民间传说、野史故事、药性气味、疗效医案、玄想发明，一一兼备，无怪乎《本草纲目》译介到欧洲时，书名译为《中国的博物志》，似乎与医学不甚相关。

不过，对古代中国的医学生来说，自修药物学的过程，就是培育博物学观念的人文必修课，是一次人文情愫熏陶教化的"受洗"仪式，既有百科知识的杂合贯通，也有"亲近自然"、"师法自然"、"博物—格物—析物—惜物"等一系列观念养成。对至尊典籍《黄帝内经》的习得更是一次精神殿堂里的博物之旅，自然哲学与俗世智慧，生活体验与玄思心得，宇宙关怀与长生技法，交相辉映，一端是跑马纵思，纵横捭阖，一端是插针见悟，细密笃实。由此看来，中医文献中对医家"博及医源"的称颂并非"戏言"，确有功底。

经验医学的时代早已过去，那么，我们为什么还要如此高调重弹博物科学呢？理由是它作为一种观念与价值形态对当代工具化的技术与科学具有强烈的纠偏意义。在许多具有批评气质的科学史家的眼里，主流的自然科学是无情之学，培养无情之心，建立"无情即客观真理"的价值标尺，也培养了无情姿态的优越感，这是一份技术主义的傲慢与偏见。它引导人们从"师法自然"转向"施法自然"，由"博爱"之心转向"搏斗"之心，然而，作为历史的"拐点"，数理科学走到极端之后也面临一次"反弹"。那便是博物科学的勃兴以及新博物精神的复萌，从科学史的角度看，它是科学与人文山脚分手后山峰上的一次"重逢"。从思想史的角度看，它是具有反思意义的当代意识（绿色意识、人道意识）与传统意义的历史遗存（人文意识、自然意识）的"媾和"，是"力量型科学"

（功利性价值）与"思想型科学"（唯真理性价值）的相互"妥协"。学理意义上看，它既是传统人文价值的"复归"，又是新人文主义的"精神暴动"，由此开启对未来科学功能的重新构建。作为身处古今思想、中西观念、科学与人文冲撞交汇口的当代医学根本无法躲避，它将在这次人文复归与构建中重新获得技术与人性的平衡与张力。对于医生精神个体而言，要完成由"无情"（针对实验室器物）到"同情"（针对救治现场痛苦），再到"敬畏"、"悲悯"（针对人类苦难）的"三级跳"。

当今医学的价值与实践中，遗弃的、迟到的正是新旧博物学的认知方法与价值归依，那种在认识生命、搏击疾病、征服病魔的职业生活中的双重性格，坚定、自信、刚强、无畏其外，反思、自省、悲悯、敬畏其内的职业气质，一种知识上、技术上、情感上、道德上"软硬兼备"、"品学兼优"的职业素养，也就是世俗意义上的所谓"霹雳手段"配"菩萨心肠"。以此来抵制社会转型中过度市场化、过度商业化的价值扭曲，抗拒高速行进中的科学社会化历程所带来的过度技术化、唯科学主义的精神异化，其实，这已经不是一个只在客厅里清谈的理论命题，也不仅仅是医学人文命题，而是一个在现实医疗生活中"伤痕累累"的职业之痛，是一堆实实在在的社会问题扭结而成的职业危机，表象是对"看病难"、"看病贵"的社会讨伐，是医患之间现实的、琐屑的利益冲突，是对医院、医生的"妖魔化"（医生被称为"白狼"、医院被称为"老虎机"），继而可以发展成为一种普遍的"仇医"社会意识，如果不能有效地制止，将给医学造成巨大的形象与道德"黑洞"，以及价值"黑洞"。这不是危言耸听，如同"白毛女"带来中国社会对地主、乡绅阶层"凶残无耻"行为（其实拥有土地并非是道德堕落的必然前提）的集体仇恨，"威尼斯商人"带来欧洲社会对犹太人"贪婪无耻"（犹太民族的商业精明与契约精神恰恰是当代市场经济的基本原则）的群体愤怒，前者成为"斗地主，分田地"的舆论基础，后者成为纳粹德国排犹、灭犹的民意土壤。如果"天价医药费"、"见钱施救、见死不救"、"红包盛行、回扣成风"的报道在现代传媒中成为舆论主流与集体意识，不需要多长时间，只需要一束新的"火苗"，医院将被抛向社会冲突的火山口，或被打入社会信任的冰窟，医生也将成为被社会鄙夷的职业，哪怕技术再先进，药物再灵验，医学、医院、医生也是人类社会秩序中的"异数"、道德生活中的"杂种"。

面临严峻的社会舆论挑战，面对巨大的职业道德"空洞"，我们并非缺乏忧虑，丧失警觉与进取，但是，对于我们自身的"膏肓病患"，的确还没有找到有效的治疗办法，尤其是长效机制，而是按照"老皇历"办事：一是不断粉刷旧的、制造新的多少有些苍白的"道德偶像"，希望他们来填补"道德空洞"，以平抑、疏解社会的巨大愤懑，反倒印证了职业道德水准的高下分裂与道德资源的稀缺，而不是寻求普遍的道德净化机制与解决方案；二是割裂医学职业道德与医学知识、学术本体之间的关系，就道德来说道德，把道德教育与管理简化成几条宣誓的口号，几句墙头的戒律与箴言，几个典型道德案例加伦理原则构成的教科书和几十个学时如同"水淋鸭背"，学生私下里抱怨"味同嚼蜡"的医德教程。其实，医学的职业道德是一种寻常的关怀心、俗世的悲悯心，是一道人性的光芒，一份人道主义的内在呼唤，本质上是一种人文主义的价值追求，它的内化机制在于道德传统、宗教情怀、博物学情怀、人道主义精神的教化与熏陶，在我国当下这样一个新兴的、"没有教堂"的市场经济环境中，道德衣钵几乎被遗弃殆尽，重建的工程浩大，也未必有效，宗教的功能也是缺失的，而且无法离开国情、政体去创建。那么，我们的职业道德教育的归属（不必轻言创新）就是回到博物学知识、博物精神与情怀的讲述与体验、反思与批判中来，这可能是一项"慢火熬汤"的知识与道德一体化的养成过程，但一定是一次"浸肉入骨"的职业道德洗礼，洗涤的不仅仅是肌肤之尘，而且是心灵之尘。由此来重建被扭曲的价值坐标，如果能扎扎实实地坚持一段时日，善良、博大而有尊严的职业道德新形象、新生活才会重新确立。不仅如此，博物学的关怀与情愫还将造就职业生活的优雅与纯粹，由此步入一种诗意的职业生存境界，如同海德格尔轻轻念叨的"人，应该诗意地栖居"。到达那一精神"海拔"，人不再是财富的奴隶，医学不再是技术的奴隶，生命不再是职业的奴隶（只是"桥"和"路"，不是"目的地"）。于是，医学的人生便日渐优雅、宁静、纯粹、厚实起来，他们会像汉斯·斯隆一样生活，虽然不一定拥有他那么多古董，但是拥有博物馆一样丰富的心灵世界。

最后说说博物学教育（更应该提"教养"）的方法与路径，它远不是医学高等教育阶段所能囊括的，但医学生时期的划定基线、初成气象却是十分重要的，博物学养成是开放的、自由的，不一定要硬性安排若干学时、科目的课堂来讲授，更多的是一种教育理念上的倡导，以及精心策划的骨干选修课、内容广泛有趣的系列讲座、一个有旨趣的"书单"和读书会所构成的校园博物学气息。有了这个"雪球心"做基础，在医学生日后漫长的职业生活中，这个"雪球"一定会越滚越大。在后来的知识与道德继续教育的"接力赛"中，医学会、职业医师公会的职业进修规划、医学专业刊物的栏目安排、区域职业沙龙的建立与活动是重要的"加油站"。可惜，这些机构的"掌柜"与"伙计"们还缺乏博物学关怀和相应的人文、博物学知识准备，他们依旧是"技术决定论"的忠实信徒，依然是技术与道德、人性两张皮的训导者，甚至他们还在散布"博物学关怀有害论"，把它与技术生活对立起来，让医学生与青年大夫在技术专家与所谓具有博物情怀的"半吊子"医生之间做非此即彼的选择。他们还不时以自己的成长经历告诫青年大夫，职业的道路上不能有太多的"岔路口"，专注一技之长才是职业成功的正道，他们坚信"歧路亡羊"的古训，牢记早年幼儿园老师讲述的"小猫钓鱼，一事无成"的成长寓言，认定博物关怀的路子一定会煮成"夹生饭"。所以，他们不忍让学生、晚辈变"野"学"杂"，一有机会就念"紧箍咒"，于是，博物学知识与情怀的倡导就变得艰难起来。好在近年"西风东渐"的风声里，多了许多倡导人文医学、博物学的气息，一是医学院被综合性大学"吞并"带来的选课自由与"左顾右盼"；二是由"海龟"教师们带来的课上课下的知识杂播；三是由一批海外医学家传记表达的"小猫也能钓大鱼"的成功经验，大大改变了部分校园知识与价值生态。但是，局势还容不得过分乐观，医学生的博物学之旅依旧是一幅十分尴尬的职业生活图景，尽管有经典意义上的"博物科学"构建，但更多的是在相对"自由"的语境中，在无功利的前提下交流与思考，知识上没有精细的定义，只有大致的谱系与地图，没有边界，没有路标，没有导师，对跋涉者来说，也没有功利的褒奖，没有人因为具有深深的博物学知识与素养而摘取诺贝尔生理学或医学奖的桂冠，但获奖者中却有不少人具备博物学眼光和情怀，甚至是伟大的博物学家。

医学与博物学，医学家与博物学关怀与情怀的话题还常常承受误读和误解，歪曲与裹挟，譬如，有人将医学理论、实践中的"博物学情怀"、"博物精神"看成人文主义医学的乌托邦幻象，一种大系统思考的研究姿态，或仅仅理解为环境意识与绿色关怀，也有人把博物精神等同于中西轴心时代的自然哲学，还有人不赞成博物学中的反思与批评意识，以及对科学主义思潮、技术主义迷失的追问与冲撞。但是，正因为如此，我们坚持探讨下去才能不断地厘清与洞察，有意外的精神"相遇"，有偶在的创新"启喻"，我相信博物学关怀与情愫是一种智慧的禅，是一眼清澈的泉水，一定会让你对生命的意义，对医学的本质不时有顿悟，有旁通，偶尔还会有与天地神灵对话的精神愉悦。

赛先生落脚的地方

有一种提法，将西学东渐之初的科学机关或科学大师驻足的地方称为科学的圣地。其实大不妥，因为大凡与"圣"沾边的词都和宗教式的神化与笃诚有关，譬如朝圣、圣洁、神圣，且大多在孜孜追溯往昔的灵光，这些词语似乎都与科学的价值取向不搭界。在科学的词典里，一不主张对人对事的过分神化与痴迷，二则崇尚先锋地带，厚今薄古，唯新是举。因此，在赛先生的园地里追拾昨日的脚印，是一件不被看好与看重的差使。持这种想法与看法的人大多于内心谨守一个朴素的常识，即科学是一座高耸入云的知识大厦，无论是昨天还是今天，它的构成都是由丰富的知识"砖石"垒砌而成，只要站在知识的前沿或顶层上不断勤奋地发现，不断刻意地创新，就能领风骚，执牛耳。其实不尽然，知识大厦的建构只是科学活动的一个方面，一种结果，而不是它的全部。科学首先是"人"的学问，是人类探索未知世界的身心操练，是一群有创造欲望的人所想望或亲历的智力生活，是一条长长的、忽明忽暗的、充满着精神跋涉苦与乐的历史隧道。因此，早年西方科学传入中国时，被觉悟了的士大夫们称为"赛先生"，与"德先生"相对应，成为社会改良的两件利器。大众理解起来也不那么生硬，它不仅仅内容有用（造坚船利炮）、有理（析万物之理），而且过程还是那么有根（通古今之变）、有情（挥洒生命激情）兼有趣（充满过程乐趣），于科学的真谛来说，这是一种高度人文化的理解和心灵的逼近，多少年来我有一个偏见，以为"赛先生"不能完全等同于"科学"，前者更为明晰地表白自己是一系列可以遥感到历史体温和先驱者魅力光环的学与术。从这个意义上讲，跳出纯粹知识论的视野来观察与理解科学活动与使命，不是一场学术颠覆，而是一次人文升华，它由此赋予科学人一份生命感的体验与职业感的养成。河北大学出版社推出的这套"赛先生的脚印"丛书讲述的就是百年科技演进历程中科学人文魅力的积淀与光大。我细揣其策划初衷，大概也扣得上这些别样的调门吧。

令人感佩的是河北大学出版社的编辑们实心做事，在不长的时间里组织天文学、医学、植物学史的三路精英拟就文稿，分别是"紫金山天文台"、"协和医学院"、"西双版纳热带植物园"的史传，既具史的洞见，又有传的神韵。相对于各种正史体裁与腔调（如通史、专科史、断代史），它是一个另类，一碟杂拌儿，文本多聚焦于某一个近代科学机构的起承转合，场景小，人物众，事件杂，小切口做大手术。描摹的是科学活动的过程与细节，还夹带各种情感与情愫，譬如三机构草创期的人迹与事迹，述说得十分翔实与生动，项目何以立，经费何以筹，楼台何以垒，骨干何以选。桩桩件件有情有境，可考可凭。与其说是科学生活史的记录，不如说是社会生活史的写照。小题大做，虽小犹大。近年较为推崇这种"以小见大"的研究路径，成熟一些的专题与专著有"杜亚泉与民国初年的科学传播"、"任鸿隽与中国科学社"等等。它们不同于各类正史的恢宏与庄严，这些书的谋篇与行文鲜有标签式的分析与结论，却充满着疑问与迷惘，不时用基于史实的历史"徘徊论"（或称"钟摆律"）来消解缘于观念预设的历史"进化论"。

十几年前，曾经有一首很流行的歌叫《新鞋子旧鞋子》，大概是劝诫人们过日子节俭，也许还有提醒人们珍惜传统的意思，歌词中写道："旧鞋子还没有穿破以前，先别急忙着把新鞋穿上……"其实，在现实生活与历史转型的选择中，人们是不会珍惜什么"旧鞋子"的，总以为它附在脚上只会走老路，唯有换上新鞋子才会踏新途。这也是历史"进化论"的核心观点。不过，史实中常常会有"反例"出现，这套书中就有一些。譬如，老协和早年与老清华社会学系联办的"社会服务部"及其后来卓有成效的工作，老协和与晏阳初在河北定县推行乡村平民保健，不仅是中国社会医学探索与实践的先驱，也是中国近代乡村社会系统改善民生困境的一次伟大实验。我们今天未必比先辈们想得更深，做得更好。因此，流行于正史述说中的乐观主义倾向理应受到质疑，解读历史，迷惘比盲目清醒更本真，怀疑比结论占有更可贵。因为历史的启思意义就在于它总是处于不断地在"质疑—解释—理解"的游走之中，而不是轻率地接受某些标签史家与标签史学批发出来的现成结论。

中国近代思想的百年激荡，留下一段转身与徘徊的历史剪影，社会与时代的转型，催生知识分子的两次蜕变：第一次是由士大夫经由"德先生"、"赛先生"的引领转变为现代知识分子，基本提升在于系统掌握世界前沿科学知识，同时坚守、倡导公民社会的理性与良知；第二次是现代知识分子的自我完善，即由专门知识分子转变为公共知识分子，改变那种长年龟缩于学术隧道深处枯燥开掘的单调生活，经常爬上井沿去自由呼吸，去仰望星空，去左右顾盼，去关注、参与公共事务。这两次转身本质上是在科学与人文之间"容与徘徊"，第一次是在传统的人文画布上描绘科学的风景，第二次是在科学的风景上增加新人文的景深，不仅丰富了科学的素养，同时完成了传统人文向新人文的精神递进。眼前的这套丛书为中国近代这一段转身与徘徊的历史提供了十分丰富、鲜活的案例。张孝骞、蔡希陶、高鲁，都是有说服力的典型。他们个人的奋斗史、成功史就是这一时代知识分子群体求索的缩影，也许今天的人们更愿意将求索视为向上、向前的奋斗，但是，在古人那里，讲究的是上下求索，在前辈那里，实行的是左右徘徊。看来，科学的道路不仅不平坦，而且是盘旋的栈道。

读胡适早年的一封短札

1926年9月5日，正在巴黎的博物馆里悉心端详敦煌经卷的胡适给远在大西洋彼岸的红颜知己韦莲司写了一封短信，信中胡适不无感慨地写道：**"我必须承认，我已经远离了东方文明。有时，我发现自己竟比欧美的思想家更西方。"**据研究者介绍，胡适和韦莲司彼此倾慕，友谊很深，是常常说些"私房话"的。因为几个月后的1927年4月3日，胡致韦的另一封信中表白："在过去悠长的岁月里，我从未忘记过你……我要你知道，你给予我的是何等丰富……我们这样单纯的友谊是永远不会凋谢的。"当然，本文并非讨论胡、韦友谊与恋情，而是从一位当代思想家的内心表白中，洞察、反思一百年来中国的现代医学运动的偏颇。

在许多场合里，政治人物、学界人物都很难得"表里如一"的，"私房话"更是万万拿不到公众场面上去说的，胡适也如此，他当时是五四新文化运动的领军人物，在"五四"期间以倡导"民主"、"科学"（"德先生"、"赛先生"）而"暴得大名"，他的言论与姿态影响整个知识界。尤其在1923年中西文化论争（"科玄之争"等）中，他支持丁文江，讥讽张君劢，主张"全盘西化"。这场争论已经过去90年了，它的影响可谓深入人心，医学界尤其"单纯可爱"，奉西方的"现代医学"为唯一的科学正宗，其他的知识与技术统统都是"非科学"、"反科学"，甚至"伪科学"，与当年的"玄学鬼"同出一辙。其实，玄在东方文化里并非贬义词，它有"玄妙"、"玄机"之解，需要深入研究，而不能简单抛弃。在我接触的许多现代医学专家中，他们对中国传统文化、传统医学相当隔膜，甚至极其鄙夷。其实，在医学人物的阅读生活中，应该有中国传统文化，以及传统中国医学的内容，它们与现代医学理路上的不同，譬如传统中医"内科疾病外科处置"、"外科疾病内科处置"的反向思维，恰恰是我们今天学术创新的契机。20世纪物理学大师发现现代物理学与东方神秘主义的内在关联与启示，从中吸取反思的支点，甚至许多大科学家从神学经典中找到科学发现的心灵"扳机"，难道中国的现代医学就不可能？

胡适毕竟是一位思想大师，内心充满自省，并自我诘问：难道我们应该**比欧美的思想家更西方**？这种诘问对于我们今天的医学生、研究者、临床专家也不无意义。无庸讳言，现代医学就是欧美医学，近五十年来也就是美国医学，如同批评家尖刻地指出经济全球化、中国的现代化本质上就是美国化一样，医疗选择的多样化，医学研究、思考姿态、个人学养的多元化应该受到重视。医学不仅是"有用"的学问，也是"有根"的学问。

黄帝的身体与艺术的别方

对待中医的学术态度，"民族主义"与"科学主义"的道路都是误区，必须走"第三条道路"，那就是"人文主义"的研究姿态与方法。来自美国南加州大学历史系的费侠莉（Charlotte Furth）为我们做了一个十分漂亮的"示范动作"，这位对中国社会、文化抱着强烈兴趣的美国老妪早年曾在北京大学讲授美国史，继而聚焦于"中国女性道路"的研究，由女性革命史、社会史，到文化史，一路走来，风光无限，不经意驻足于中国医学史的范畴，挖了一口"深井"，撰写了《繁盛之阴——中国医学史中的性（960—1665）》，该书采取社会生活史、女性主义视角，而非纯粹技术史的方法，通过宋明两朝理学压抑下女性俗世生活的分析，以及杂病遮蔽下中医妇科的成长，透视了中国医学特有的女性躯体认知，生理、疾病理解与治疗学说。同时，也找到了深入解读中国医学学术性格的"钥匙"。在她的研究中，坚持从史料细节中捕捉话题，极力避免玄妙的哲学论证与二元范畴演绎（如传统与现代，科学与迷信，东方智慧与西方霸权等），她认为"不加批评地接受传统是危险的"，反对以辉格史观来研究传统中医，主张回到女性的医疗"生活"之中去寻找"微妙"，因此，在她的书中，"复活"了许多医学典籍与医案记录中的"细节"，这是一部具有独特研究路径与角度，"洞小识大"的文化史力作。

不得不惊叹费侠莉非凡的洞察力与领悟力，她秉承李约瑟之后海外研究中国医学的"内在论"策略——从中国本土文化的概念框架及其叙述者的文化假设，来解释中国医学的特质。首先发现了一个理解、解读中国医学奥妙的大前提，不同凡响的"躯体模型"与"认知模型"，她定义为"黄帝的身体"（中国人独特的主、客观融合的躯体理解），这个以中华医学的始祖轩辕黄帝命名的"身体"，显然不是"希波克拉底"（古希腊医学）的身体，也不是"盖仑的身体"（古罗马医学）、"达·芬奇的身体"、"维萨里的身体"（文艺复兴时期解剖学精密化描述的医学），也不可能是"魏尔啸的身体"（细胞生理与病理分析的医学），更不可能是沃森、克里克的身体（双螺旋与基因水准研究的医学），不同文化境遇中的"身体"，解释的向度与理解的路径就迥然有异。隐藏在"黄帝的身体"里的"思维密码"，既有医疗思维，又有养生思维，既是现象的世界，也是体验的世界，还是臆度的世界。一部《黄帝内经》可谓博大迷离，它作为中医学的原典，展示了中国古代先哲与先民对生命、疾病图景的独立、独到的认识和驾驭。不承认这一点，则无法对中医学的价值与意义做判断。

身体仅仅是生命认识的起点，恰恰在这个起点上，中西医学，也是古今医学存在着分歧。我们自身的躯体，已经虔诚地交给现代解剖学与生理学了，生物学的还原论者为我们开出了长长的"节目单"，由形态到代谢、功能，由大体观察到显微镜下，由光学显微镜到电子显微镜，由器官到组织，再到细胞、亚细胞、分子、基因。"洋葱皮"剥到了尽头，身体的认知也就完成了。唯独不理会传统的中国医学，在费侠莉视野中，"黄帝的身体"提供了别样的路径，它是被观察的"身体"（譬如五脏、六腑、气血津液），也是被思辨的身体（譬如阴阳、五行、运气学说的比附），还是被"体悟"的身体（譬如经络躯体的体认）。经络学说后来成为针灸学治疗体系重要的学理基石，也是中医妇科认识月经、妊娠、分娩的钥匙，以及"带下"（妇科）疾病治疗的秘诀。中医妇科讲的调经原本有两重意义，一是病人需求的解读，即对女性个体月经周期的调节；二是医理的阐述，即对"奇经八脉"中冲脉、任脉、督脉及肾脏的功能调适。"女子以血为本"，"血室"的生理理解，"瘀瘀"的病理与治疗思路都与这些至今"实体"不明的经脉有关。更令人费解的是中医妇科临床的"显著疗效"（有临床案例与统计资料支撑）大多缘于调理肝肾、祛痰逐瘀，而中医语境中的肝、肾、痰、瘀都与现代医学的概念与理解相距甚远。

近百年来，中医学的境遇是从主流医学地位逐步被"边缘化"，费侠莉认为是全球化知识霸权的产物。如今，现代医学占据了中国医学教育科研、社会价值认同与传播、医疗服务市场的主导地位，传统中医与现代医学的情势就像费侠莉著作中宋明时代的妇科与内科杂病的关系。但中医学护佑中华民族几千年的繁衍进步，一定是真的医学，活的技艺，至今仍然是临床上有用、有效、有根的治疗体系。作为有特色的临床技术与艺术，它从来没有宣称自己是"科学"，也无须宣称自己是"科学"（现代医学也并非严格意义上的科学），即使是"思辨"的身体与知识体系（阴阳、五行、运气）也属于自然哲学（前科学哲学）的研讨范畴，没有被贴上"伪科学"标签封杀的道理。中医学本质上属于人文主义的医学，主体是一种"非"科学的知识与经验体系，但是，不排除其中包含相当多"前"科学与"潜"科学，甚至"后"科学（如经络传感现象与学说，至今是待解之谜）的知识与经验模块，它必将成为当代中国医学（包括中国本土的现代医学）创新的重要知识、经验储备和宝贵的理论假说库，也是中国有望对于世界医学做出杰出贡献的重要阶梯。

真之如：科学与艺术的交媾

一直苦苦思考着科学与艺术如何深度对话与交融，遐想着它们水乳交融后应该是怎样一种镜像与境界。近期观摩李铁军教授的显微摄影作品展，使我蓦然开悟，原来真相、真理、真谛之后还有一片"真如"的美妙天地。

真与如是妙合，绝非混搭与跨界，属于虚实相兼，反面敷粉，反弹琵琶，相反相成，相得益彰。在智慧的拐点上点灯，解决巅峰之后的心智回旋，遁入"太"（极致）之后（太极、太虚、太空）的徘徊与交潜，不过，学科细分让现代社会走上了一条井水河水不相侵犯的"单行道"，而且卒子过河不容徘徊。上世纪30年代，斯诺爵士的一场公共演讲开启了"两种文化"（科学与人文）离合碰撞的思辨之旅，无疑，科学追求自然的真相与真理，艺术抵达人生的真诚与真谛，如两股道上跑的车，各行各路，若能水乳交融，似可营造出不可言喻的"真—如"境界。

回首90年前，卷入"科玄之争"（由丁文江对垒张君劢）的大师们口诛笔伐，面红脖子粗，依然未能将真相与真诚，真理与真谛的关系厘清，当下的技术精英，追日登月，也未能避免环境污染、道德沦丧的沉重代价与人性迷途，求真务实的理性态度与道法自然之艺术气象依然如油水两隔。20多年前，李政道先生以"电子对撞"为题邀集常莎娜等绘画艺术家肆意想象，诗性表达，力促科学与艺术的对话与交融，努力将亦真亦幻的"真如"意境会于一身，创造了一体两妙的"太极"景观。

如追溯到400多年前，荷兰人吕文·虎克（发明第一部显微镜）与汉斯·利伯希（发明第一部望远镜）将自己打磨的"透镜"置于人类眼前，大大拓展了肉眼的视力，镜子里不再是自己的脸、身边的人，而是广袤奇异的新世界。那是一片魔幻之镜，一面借由显微镜抵达细胞、基因层面的微观视域，生物学、医学得以跨越，一面借由望远镜通向太空观测的宇观视域，天文学、天体物理学得以跨越。于是，人们似乎忘记了透镜的最初来源是浑圆的"水晶球"，同样也曾被视为神奇的宝物，人们凝视它、抚摸它，向它诉说心底的秘密，祈求幸福，预测未来，滋生出无限的想象，也为这个世界留下不尽的敬畏与虔诚，神圣与皈依。后来，人们只相信透镜里的世界，将其尊为科学，却毅然决然地抛弃了水晶球里的世界，将其贬为迷信，两者形同冰炭。时过境迁，科学沦为新的迷信，社会步入单向度的技术之旅，只有征服，不再敬畏，只有利害与得失的算计，不再有神圣与恩宠的沐浴，技术一路狂奔、飙升，心灵却在一路干涸、荒芜，心与物的断裂，刺激人们重新审视"透镜"与"水晶球"的关系，将透镜下的"真"与水晶球里的"如"勾连在一起，为干涸的心灵洒下几分润泽。

中国艺术讲究宁拙勿巧，宁缺勿圆（深山藏古寺），宁曲勿直（曲径通幽），本质上是破除直线思维的板结，开掘创新的别径。同样，医学艺术创作中的真如境界追寻不是要彻底颠覆医学界400年来的"求真务实"生活，而是要克服技术主义塑造的单边主义思维，寻求新的容涵性，知识不是信仰，生命依然神圣，技术不是艺术，路径不必单一，真理不是真谛，真相不是真诚，正确未必正当，通情方能达理，工具不是目的，理性（循证）不是唯一，科学不是绝对，规范不是刻板。在此，摄影家们应该成为先醒者、先行者，因为他们心中有真如。1952年，在非洲丛林里蛰伏近40年的德国医生、慈善家、管风琴演奏家史怀哲踏上斯德哥尔摩瑞典皇宫的红地毯，被授予诺贝尔和平奖，这是诺贝尔和平奖颁奖史上唯一一次对医生个体的授奖（对医生组织的授奖有4次）。此时，没想到史怀哲的挚友、诺贝尔物理学奖得主爱因斯坦发表了两番刺耳的议论，一段为史怀哲未能获得诺贝尔生理学或医学奖鸣不平，他坚称："仅凭知识和技术并不能给人类的生活带来幸福和尊严。人类完全有理由把高尚的道德标准和价值观的倡导者和力行者置于客观真理的发现者之上。"另一段解读史怀哲的生命觉悟、灵魂提撕的隐秘动因，早年告别欧洲的浮华，奔向非洲，一生隐居丛林，抱朴守真，动因何在？谜底原来是"为了逃避世俗生活的可怕粗俗和凄凉的乏味，是为了摆脱变化无常的知识欲望的锁链"。在一个崇尚"知识就是力量"的时代里，居然还有一些人要逃避职业生活的可怕粗俗，摆脱知识欲望的锁链，真是不可思议，李铁军就是这么一位不可思议的病理学家、光影艺术家。

肥肉的隐喻

这一夜，读书无心，却因南京朱赢椿先生的电话胡思乱想一个关于"肥肉"的话题，思绪纵横，颇为自得。

在漫长的农耕社会，肥硕一直是富足的别称，田地要肥，庄稼要肥，赞美乡村常常称之为"土肥水美"。对于牲畜，历来标准单纯，一概以"膘肥"为佳，成语中的肥马轻裘，乘肥衣轻，乘坚策肥，秋高马肥，赞许之声，千年不绝于耳。

也不知从何时开始，牲畜开始向人类的"新知"看齐，或是为了适应人类的肉食新需求，渐渐搞起"去肥化"来，甚至染上了"厌肥症"，还不惜以药物制造出专长瘦肉的"杂种"来。说起来，人类"厌肥症"的历史也不长，很久一段时期也是喜肥恋胖，饮食也嗜好鲜香肥厚之物。记得 1971 年的年关，持票证去买肉，轮到我只有瘦多肥少的排骨肉，眼泪"唰"地就涌出来了，寻思这下可惨透啦，回家一定会被家人埋怨。在那个物质极度短缺的年代，刚出锅的热猪油都可以喝上几口。时至今日，仍有一大帮子"红烧肉"、"东坡肉"的"粉丝"、"钢丝"，被戏称为"肥肉党"，不过，他们的声名正江河日下，逐渐沦为"地下党"。

肥肉的要害是肥，不肥不足以解馋，尤其在那些油水匮乏的年代里，"肥"是口福，更是利益，是诱惑，是惊艳，是钓饵。那年头，请朋友放开肚皮撮上一顿"肥肉宴"，可以增进很深的个人感情，说不定还能谋个"肥差"，补个"肥缺"。日常行为上的"挑肥拣瘦"，虽然暗示其损人肥己，损公肥私，食言而肥，也还带有"崇肥症"的痕迹。

不过，肥硕之躯一旦被推进医院，便由世俗理解推向科学解释，演变为实验室里的饱和与不饱和脂肪酸的含量报告，不仅仅是冰冷的技术指标，同时，也开启了一扇"妖魔化"的门禁。毫无疑问，社会语义的变迁，科学标尺充当了"杠杆"。不错，动物脂肪富含的饱和脂肪酸、低密度的脂蛋白，都可能成为健康危险因子，肥胖会增加心脏负担，诱发代谢紊乱，最终导致糖尿病，但脂肪对于各人的影响程度是不一样的，就像抽烟对于肺癌发病，并不存在线性因果关系（只是危险因素）。其实，脂肪的优点也很多，譬如促进体内荷尔蒙转运（尤其是青春期的女性），完成体内能量的转换与储备，对此，医学家们很少念叨。更要命的是关于肥胖的"隐喻"，譬如：肥胖的诸君一定意志薄弱，自我放纵（缺乏自制力，任性）。一者未管住"嘴"，胡吃海喝，毫无节制；二者未调动"胳膊腿"，不愿意吃苦流汗，参加各种运动。追根溯源，还会质疑其爹妈的"品种"问题,将"罪恶"的孽种(肥胖基因)遗传给了子女。闲聊中说某人"心宽体胖",算是最宽容的评语;说其富态、发福、丰满,都是些虚伪的假恭维,实则曲笔言胖,不点破而已,隐含批评、鄙夷之意;若是说某君肥头大耳,脑满肠肥,那便是直言的贬损。碰上某人牙缝里蹦出一个"膘子"(没有思想的蠢货,是只会长膘的"畜生"),那就是对人蓄意的羞辱,近乎当街抽人耳光,属于另一种"类型歧视"的语言暴力,与种族歧视无异。

从肥肉崇拜到肥肉恐慌,肥硕、肥胖"罪感"随即诞生,还不时会有罪感的社会清算(人群歧视)。这折射出我们当下社会意识的狭隘,以及科学主义的偏见,其实,肥胖(丰腴)之美与瘦削(骨感)之美,增肥与减肥,完全是自然存在和个体的自由选择,没有必要对视觉的社会性做强制性规定,更不能将某种选择作为标杆来倡导,挟"科学指标"而令天下:只能吃瘦肉(据研究瘦肉中的脂肪含量并不低),不能爱肥肉,无论红烧、回锅都不行;找对象,体态只配苗条,不可丰腴;通过大众传媒传达一种毫无根由的社会歧视,让原本幸福的胖哥肥姐们蓦然间生出许多自卑与自我厌恶来,重创他们的自尊和自信。其实,自然界有内在的自律机制,高矮胖瘦都有一定发生概率,不会偏离某个中位数,若是依据人为律令,嗜肥过度与节食过度,结果只会使胖的更胖,瘦的更瘦。理想的"三围"是胸围、臀围要丰硕,腰围要瘦削,同样,理想的饮食是适度摄入脂肪。几年前,西班牙就颁布了"超瘦模特禁演令"，算是对某种酷爱"瘦美"风尚的纠偏吧。

　　在我看来，对待饮食与审美，还是应该尊重多样性，提倡多样化，不搞一边倒，清一色，应该学学蔡元培先生，遇人遇事兼容并包。

　　人民群众有喜爱肥肉的自由，也同样有热爱肥胖的自由。

　　苏轼有诗云："短长肥瘦各有态，玉环飞燕谁敢憎。"

跋：《读书》范儿

　　李学平编辑跟我联系，邀我加盟"读书文丛"，让我兴奋了好几天。其实，这个消息并不突然，这之前，郑勇主编也曾暗示过，尽管已经不是第一次出书，但在三联书店出书还是头一遭，多少有些喜上眉梢，这种感受如同几年前李学军编辑告诉我编辑部决定刊发我的《该死，内衣拉锁卡住了》。

　　在今天这个网络资讯无所不在的时代，我还是固守阅读纸质书的美感和从容。而在纸书的出版与传播方面，三联书店属业内翘楚。15年前，我加盟中国出版集团麾下的《中国图书商报》，图谋的就是"曲线调动"，有一天能去三联上班。这份三联情结主要还是源自《读书》杂志，我在医学生时代就开始恋上《读书》，那时《读书》创刊不久，卷目间还有陈翰伯、陈原先生的影子在，前台掌勺大厨是声名显赫的沈昌文先生，还有他率领的"五朵金花"。30年前，《读书》不仅是话题领袖，还是趣味园圃，记得那时读了朱健谈《红楼梦》的系列妙文，叹为观止，天底下还有这等高人，文字如此潇洒、隽永。当时，这类文章不少，金克木先生的，董桥先生的……都有一股《读书》的范儿，举重若轻，皮里阳秋，思想有锋芒而不显摆，文字讲究而不雕琢，文章大气而不恢宏，跨界、混搭，却水乳交融，一点不显夹生。后来一打听，朱健是我的一位新闻界朋友杨铁原的父亲，本名杨朱健，是潇湘电影制片厂的编剧，与我原来供职的医院仅一墙之隔。如同钱锺书先生所讥讽的那种"吃了鸡蛋，还想眷顾母鸡"的人，我怀着十二分的景仰去拜访了朱健先生，让我大吃一惊的是这位文豪的家里没有多少藏书，一个五六层的旧书柜还没有装满，多是《红楼梦》的历代版本，还有一些工具书，与我想象的学富五车、藏书破万完全不同。一聊起来，方知杨先生乃奇才，早年是文学青年，曾追随胡风，以诗鸣世，是《七月》的作者，新中国成立后转行去了工业部门，当过几个千人大厂的厂长，虽离开文艺圈，也躲过了文坛的漫长清算。后来修订《词源》与《辞海》，杨先生阴差阳错地出任《词源》湖南编纂处的领班（还是对文人不放心，他当时来自工业部门，也有一定的职级），领导慷慨地划拨 4 万元专款采购各种旧书。在当时，一则 4 万元很多，二则旧书很便宜，书堆了一层楼。博闻强记的杨朱健先生安静地读了几年书，有意思的篇目、段落全都藏在脑子里，怪不得家里没几本书，当时就发愿读书人应该学杨先生，心中有书，屋里无书。这算是《读书》引发的一桩趣事。另有一次，读了雷颐先生在《读书》上的《出山要比在山清》（评费侠莉的《科学与中国新文化》，丁文江的评传，我所供职的湖南科学技术出版社出版，但印数少，几近绝版），为其思想辉光及文字俏丽而折服，给编辑部写了一封信，还将仅存的十本库底书找出来寄给他们，想必这个举动太毛头，没有得到我期许的回音，心中犹存几丝抱怨。后来主编换成从香港三联返京的《读书》老编辑董秀玉先生，关系便拉近了许多，不时邀我参与"读书服务日"活动，遇海外出版人来访，还在饭局上为我加一双筷子，原来董总想邀我加盟三联，襄助三联的图书营销工作，心中暗自欣喜。后来人事变故，"阳谋"没有实现，看来，我当时与三联还是没有职场缘与文字缘。后来一段时间，我的阅读兴趣一度下降。然而，物换星移，大约《读书》首茬、二茬作者都写不动了，我这个前朝宫女、铁杆读者被网罗为后备考察的作者对象，加之主编《中国图书商报·书评周刊》经年，笔头也积蓄了一些灵光，这才有了我的首秀，李学军编辑在我的数篇投稿中选中了《该死，内衣拉锁卡住了》，才有了我后来在"《读书》范儿"之下的阅读与写作。当然，这类文字不全刊发在《读书》上，上海《文汇报》的"笔会"也是一个有文章品位与趣味的地方，汪澜、刘绪源、周毅几任主编都为我修饰过文字。我虽然离开上海好几年了，每每回味那里的文友交往故事，心中还会生出阵阵暖意。

　　除了《读书》杂志历茬编辑同仁的栽培与怂恿之外，我服务的北京大学医学人文机构也给予这类野狐禅式的思想与文章以极大的宽容与赞许，我的"顶头上司"（聘任合同的"甲方")张大庆老师顶住压力，在高校 SCI 崇拜的大环境下倡导有思想、有文采的"代表作"考核标准。据我所闻，张兄就是"《读书》范儿"的忠实拥趸，也是杂志的重要作者，每每在《读书》上看到我的名字，一定会找个机会或打个电话交流一番。当然还有"管官的官"柯杨老师、王宪老师的青眼有加，她们会在不多的见面场合提及我在《读书》上撩起的某个文眼，实在难得。由此看来，她们不仅是医学界的学术大腕，同时也是"《读书》范儿"的欣赏者，医学现代性的积极反思者，医学人文的鼎力倡导者。

如今旧文结集，最应该感恩的是诸多师友经年的滋养与滋润，人生苦短，相逢、相处是缘分，相离、相别也是情谊，细细咀嚼、默默珍惜这些缘分与情谊，人生才有韵味。

王一方

乙未年 梨花绽放时